폰 쇤부르크씨의
쓸데없는 것들의 사전

LEXIKON DER ÜBERFLÜSSIGEN DINGE.
WIE MAN OHNE LUXUS GLÜCKLICH WIRD
by Alexander von Schönburg

© 2006 by Rowohlt Berlin Verlag GmbH, Berlin

Korean Translation Copyright © 2014 by Purun Communication All rights reserved
The Korean language edition is published by arrangment with Rowohlt Berlin Verlag GmbH through MOMO
Agency, Seoul.

폰 쇤부르크 씨의
쓸데없는
것들의 사전

알렉산더 폰 쇤부르크 **지음** | 김태희 **옮김**

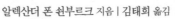

P 필로소픽

목 차

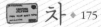

나는 쓸모없지만
무엇으로도 대체할 수 없다.

안느 드 노아유(브랑코방 공주, 1876~1933)

넘침^{Überfluss}이라. 멋진 말이다. 돌로 만든 분수대 수반水盤이 눈에 선하다. 수반 테두리로 물이 넘쳐서 그 아래 있는 좀 더 큰 수조로 흘러내린다. 이런 넘쳐흐름◆이 바로 분수에 생명을 주는 것이다. 물이 수반 테두리만 간신히 채울 정도라면, 분수는 죽은 조형물이다. 넘침은 문명의 특징이기 때문이다. 손가락으로 음식을 먹을 수도 있는데 대관절 포크가 왜 필요하단 말인가? 넘치려는 욕망이야말로 인간 문화를 앞으로 밀고 나가는 근본적인 동력이다. 요리는 원래 때가 되면 무언가 입에다 쑤셔 넣어야 하는 필요에서 시작했지만, 이제 예술의 경지로 발전했다. 목숨을 부지하기 위해 싸워야 하는 필요로부터 영웅, 순교자, 헌신, 기사도, 공정경쟁이라는 이상이 나왔다. 서로를 덮

◆ 독일어(Überfluss)의 어원은 넘쳐-흐름(über-fließen)이다. 이 단어를 문맥에 따라 넘침, 잉여, 과잉, 불필요, 쓸모없음 등으로 번역한다. (이하 각주는 모두 옮긴이 주임)

처서 그 몸을 향유하고자 하는 욕구로부터 사랑이 나왔지만, 때로는 그 사랑 때문에 사랑 이루기를 포기할 수도 있다.

이런 것들은 엄밀하게 생물학적 법칙이라는 관점에서 보면 모두 넘침이다. 그러나 우리의 문화적 행동을 생물학적 합목성이라는 관점에서 해석하고자 하는 진화론자들의 설명은 매우 우스꽝스럽다. 단 하나의 진정 필요한 것은 바로 넘침이라고 볼 수는 없을까?

어떤 것은 사치고 어떤 것은 필요한 것이라고 대체 누가 결정해야 할까? 부모는 아이들이 왜 온갖 전자 제품 잡동사니들을 가져야만 '하는지'를 이해하지 못한다. 복지국가는 빈털터리인 사람들이 텔레비전과 새 소파를 가질 권리가 있다고 확신한다. 유모를 위해 텔레비전을 사는 아주 부유한 사람들도 있는데, 사실 그들 자신도 이것을 과잉이라고 생각한다. 하지만 자기들은 초기 르네상스의 청동 예술품 소장 목록을 끊임없이 늘리지 않으면 살아가기 어렵다고 여긴다. 어떤 대도시에는 오페라 하우스가 네 개는 있어야 하지만 다른 대도시는 단 하나도 과잉이라고 여긴다. 중세에는 모든 도시에 수많은 교회가 있었다. 도시민 전체가 교회를 열 군데씩 다녀야 할 정도로 교회가 많았다. 하지만 현대에는 주교들이 텅 빈 교회를 잉여로 여긴다. 그래서 천장 높은 아파트로 개조해서 돈을 많이 받고 팔아치운다.

이렇게 사람마다 과잉이라고 생각하는 것은 다 다르다. 무엇을 과잉이라고 생각하느냐는 어떤 이념, 어떤 가치관을 가지고 있느냐에 달려 있다. 여러 가치관들이 있을 때 때로는 어떤 것을 과잉이라고 여기는 가치관을 지닌 세력이 승리를 거두기도 한다. 자본가라면 정력 낭비를, 광신도들이라면 도덕적 상대주의를, 공산주의자라면 대중을 기만하는 사이비 자유를 과잉으로 여기기도 한다. 이슬람교도들은 알렉산드리아를 정복하고는 저 유명한 도서관을 파괴해 버렸다. 코란과 일치하지 않는 것은 해롭고 코란과 일치하는 것은 불필요하다는 것이다. 이미 코란이 있으니까. 권력기관이 무엇이 필요없는 것인지를 결정하는 사회에서는 이런 비극적인 일이 종종 일어난다.

18세기 말 모나코는 조그만 어촌 마을에 불과했다. 모나코를 다스리던 공작은 잉글랜드 국왕의 초대로 런던에 왔다가 거리의 무수한 가로등을 보았다. 그는 이 불빛들이 오직 자신을 환영하기 위한 것이라고 생각했다. 오늘날 보기에는 우스꽝스럽지만 역사적으로 보면 이 공작의 반응은 당연한 것이었다. 그에게는 상상할 수 없는 사치인 그런 것이 런던 시민들에게는 일상적이고 당연한 것이라고는 생각조차 할 수 없었을 것이다.

세계사의 대부분 기간 동안 사치는 극소수의 특권이었거나 아니면 경멸받을 일이었다. 가령 고대 로마에서 로마 시민들의 소비 행태는 엄격한 규제를 받았다. 사치 금지법이 여러 개 있었는데, 기원전 215년의 오피우스 법Lex Oppia은 여성은 금을 1온스 이상 가져서는 안 되고 여러 색깔이 들어간 옷을 입어서는 안 되며 시내에서는 마차를 타면 안 된다고 규정했다. 로마 여성들은 로비를 해서 기원전 195년 이 법을 폐기시켰다. 대大카토는 여성들은 '통제 불가능한 욕망'을 지닌 '길들여지지 않은 존재들'이라며 이 법을 폐기하는 데 반대했다. 이 정치가는 그래서 여성들에게 규제가 필요하며, 그렇지 않을 경우 여성들 사이에 질투가 만연하여 거침없이 사치를 부려 서로를 이기려고 할 것이라고 생각했다.

무엇이 사치인가, 그러니까 무엇이 꼭 필요한 것 이상의 것인가는 어쩔 수 없이 자의적 판단에 달려 있다. 전체주의적 이데올로기만이 인간의 삶에 필요한 것이 무엇인가를 규정하는 월권을 저지른다. 사회주의자들에게 사치는 사람을 유약하고 퇴폐적으로 만드는 것이다. 보수주의자들도 전통적으로 사치에 반대해 왔다. 상류계급이 아직 존재하던 시절에 이 계급은 사치가 만연할 경우 사회적 폭발력이 클 것을 우려했다. 상류계급과 기타 속물들은 각 시대의 사회적 지위가 주로 사치를 과시함으로써 드러났기에 사치가 널리 퍼지면 계급 사이의 차이가 사라질 것이라고 한탄했던 것이다. 베르너 좀바르트와 노베르트 엘리아스 같은 사회학자들은 절대주의 시대의 사치 풍조가 현대 자본주의의 등장을 촉진했다고 서술하고 있다. 사치를 통해 국왕의 시선을 끌어야 한다는 압박감은 프랑스와 영국의 귀족들을 파멸시켰고 그들이 지녔던 부는 새롭게 부상하는 계급에게로 넘어가 버렸다. 또한 사치는 새로운 욕망을 불러일으키고 새로운 경제 분야를 창조함으로써 사회경제적 변혁의 엔진이 되었다.

또 과거에는 사치였던 것도 미래에는 필수적인 것이 되곤 한다. 이 둘의 경계를 확정하기는 아주 어렵다. 예를 들어 지금 독일에서 디지털 평면TV가 여전히 사치일까? 자동변속기와 전자식 창문 시스템과 ABS를 장착한 자동차는? 초고속 인터넷은? 세계은행은 2010년까지 인도의 거대 도시 변두리의 슬럼가에서 사는 인도인 중 최소한 1억 명이 인터넷에 접속하게 만들겠다는 계획을 가지고 있다. 세계은행의 제3세계 지원 전문가들은 인터넷 접속이 물이나 의료시설만큼이나 중요하다고 확신한다. 이는 빵이 없으면 케이크를 먹으라던 마리 앙투아네트의 말을 떠올리게 한다. 하지만 이는 사치와 필수 사이의 경계가 딱 정해져 있는 것이 아님을 보여주기도 한다.

사람들이 흔히 사치라고 말하던 것('고급' 향수나 '부드러운' 옷감이나 '특별한' 여행 등)은 이제 아주 평범하고 널리 퍼져서 이미 이러한 과잉은 부자들을 괴롭히기 시작했다. 이런 생각도 널리 퍼져서 할리우드는 벌써 이런 주제로 영화를 만들었다(〈아메리칸 사이코〉나 〈파이트클럽〉이 그렇다). '언제 어디에서나 무엇이든 얻을 수 있는' 시대에 사치품을 만드는 기업들은 이런 물건을 일부러 희소성 있게 만들어서 아무나 함부로 얻을 수 없다는 인상을 주려고 한다. 아시아나 러시아 관광객들은 파리의 루이비통 매장에서 핸드백을 한 사람당 최대 두 개씩밖에 사지 못한다.

과잉이 지니는 가장 마음에 드는 특징은, 과잉이 항상 누릴 수는 없는 것이어야 비로소 진정 누릴 수 있는 것이라는 점이다. 일 년에 한 번 박람회에 출장을 가야 4성 호텔이나 5성 호텔에서 잘 수 있는 직장인에게 그런 호텔 숙박은 사치이다. 룸서비스, 침대 옆 텔레비전, 부드러운 수건 같은 것들이 그렇다. 슈투트가르트 빌라의 자기 집에도 그렇게 부드러운 수건들이 있고 늘 여행을 하는 사람이라면 그런 호텔에서 숙박하는 것이 그저 참아줄 만한 일에 불과하다.

어마어마한 부자들이야말로 이런 과잉을 즐기는 것을 제일 힘들어한다. 어느 정도 한도를 넘어서면 추가적인 과잉은 아무런 차이도 만들지 못한다. 그러면 그것은 더 이상 이른바 삶의 질을 높여주지 않는다.

유명한 미술품 수집가 하이니 티센이 그랬던 것처럼 피카소 그림을 화장실에 걸든지, 중동의 왕자들이 몇 시간 골프 레슨을 받기 위해 타이거 우즈를 초대하든지 간에, 삶의 질이 그렇게 높아지는 것은 아니다.

필립 그뢰닝Philip Gröning의 영화 〈위대한 침묵〉에서는 그레노블 근교 사부아 산악지대에 있는 카르투지오 수도회 소속 그랑드 샤르트뢰즈 수도원의 일상을 대도시 관객들에게 보여줘 경이를 자아냈다. 우리가 이미 알듯이 수도사들은 청빈하고 독신이며 순종해야 한다. 그러나 이러한 원칙들에 대해서는 매우 다양한 해석이 가능하다. 이는 맨발의 탁발 생활로 해석할 수도 있고 바로크 궁전풍의 수도원 생활로 해석할 수도 있다. 카르투지오 수도사들은 매우 극단적인 해석을 하고 있다. 그들은 모두 각자 조그만 집에서 산다. 주중에는 묵언 수행을 하며, 일요일에만 몇 시간 동안 함께 지낸다. 고기는 절대 먹지 않고 거친 옷을 입으며 자기 방의 조그만 난로는 자기가 손수 해온 나무로 덥힌다. 극도로 엄격하고 그야말로 '벌거벗은' 방식으로 삶을 영위한다. 이 세상 그 어디에도 과잉에 대해 이처럼 격렬한 투쟁을 벌이는 곳은 없을 것이다. 이 영화에는 심지어 다른 영화에서는 필수적인 배경음악도 없고 내용을 설명하는 코멘트도 없다. 청빈을 진정 진지하게 받아들이는 것이다.

카르투지오 수도사들의 삶을 당연히 아주 다르게 볼 수도 있을 것이다. 그러니까 현대 대도시 시민들의 관점에서 묘사해 볼 수도 있다. 그렇다면 먼저 저 압도적인 불멸의 산맥 풍경을 내려다보는 이 수도원의 위치는 부동산업자들이 시기어린 말투로 표현하듯이, '다른 건물로 막히지 않는다.' 단순하지만 완벽한 비례를 갖춘 건축물들인 그 건물들은 뒤러의 수채화에 그려진 것처럼 아름답다. 저 고요함은 가장 뛰어난 사치품이다. 식탁에는 오로지 직접 재배한 야채들과 직접 만든 빵과 직접 키운 소에서 나온 버터와 우유만 올라오는데, 이 모든 것이 강렬하고 유일무이한 맛을 낸다. 돈으로 환산할 수 없는 가치이다. 친환경제품만으로 살아가는 삶인 것이다. 수도사들 방에는 보기 흉한 물건은 하나도 없고, 유행에 따르고 허영에 차고 깨지기 쉬운 물건은 하나도 없다. 오래된 널빤지들과 단순하고 고상한 가구들만 있다. 어떤 인테리어 업자도 그렇게 아름다운 물건들을 만들지 못할 것이다. 직접 짠 두툼한 양모로 만든 수도복은 모두 맞춤 제작이다. 신문이나 베스트셀러가 그들의 손을 더럽히는 일도 없다. 수도사들은 아주 세련된 방식으로 시간이라는 사치품을 다루기 때문에, 권태감도 공허감도 느끼지 않고 삶에서 가장 중요한 일들에 오롯이 그 시간을 활용할 수 있다. 카르투지오 수도사들은 꼭 필요한 것에만 집중함으로써 오히려 사치스럽게 사는 게 아닐까?

공장이 처음 생겼을 때 이 공장들은 이 세상에서 제일 아름다운 물건들을 만들어냈다. 세브르 도자기나 오뷔송 양탄자나 뢴트겐 가구 같은 것들이 그랬다. 명나라 도자기만 해도 유럽으로 수출하기 위해 상당히 대량으로 생산되었다. 아름답고 값비싼 물건들로는 부자가 될 수 없다는 것을 발견하기까지는 꽤 시간이 걸렸다. 그러니까 무가치한 허섭스레기를 생산하는 것을 국민경제의 기초로 삼는 것이야말로 현대의 가장 중요한 경제 법칙 중 하나이다. 우선 소시민들을 대상으로 하는 거대한 시장을 발견하고 그들의 호주머니에서 푼돈을 끌어내기 위해 대량으로 판매할 수 있는 상품을 개발하는 일에 열을 올리게 되었다. 소비자가 지불하는 그 푼돈만큼의 가치도 없는 물건들을 값싸게 생산하여 대중에게 대량으로 팔아치우는 일이 엄청난 장점이 있음을 알아차리는 데는 시간이 많이 필요하지 않았다.

자기가 파는 상품으로 큰 성공을 거두려는 진짜 장사치라면 그 상품에 대한 믿음이 있어야 한다. 돌팔이나 야바위꾼은 소소한 이익밖에 뽑아낼 수 없기 때문이다. 사고방식을 완전히 바꾸는 일이 필요하다. 그런데 이런 일은 제조업자나 상인이나 정치가들만으로는 할 수 없다. 사상가들이 필요하다. 새로운 양식을 위해서는 정신적 토대가 필요하다. 그래야 새로운 가치체계를 세울 수 있다. 가치라는 것은 실제 물건들에서 따로 분리되어 추상적인 영역으로 넘어가야 한다. 가치 없는 생산품들을 가지고 전대미문의 가치를 창출하는 저 허깨비 같은 일들이 일어나곤 했다. 세계 최고의 갑부는 빌 게이츠가 아니라 이케아 창업주인 스웨덴의 잉그바르 캄프라드이다. 그는 강화목 같은 질 낮은 재료들로 옷장이나 책상이나 의자를 만들었지만 이런 제품들은 수제품의 질을 훌쩍 뛰어넘었다.

허황되고 무가치한 상품들이 지금처럼 넘쳐나던 시대는 없었다. 이제는 부자들조차 연극 세트 같은 모조품으로 만족한다. 이제는 다른 상품과 교환 가능한 것, 쉽게 버릴 수 있는 것, 대체 가능한 것, 그러니까 다시 말해 잉여들만 난무하는 것처럼 보인다. 예술품, 가전제품, 자동차, 가구, 통신장치, 옷, 주방용품 등을 긁어모으는 사람은 자기 삶을 쓰레기 더미로 만드는 것이나 다름없다. 저 죽은 물건들, 삶에서 의미와 중요성을 잃어버린 물건들이 비참하다는 것은 부피 큰 쓰레기를 버리도록 지정된 날이 되면 뚜렷해진다. 우리 주변에 저런 허섭쓰레기들이 얼마나 산더미 같이 쌓여 있는지 믿기 어려울 정도다! 평생 간직할 수 있는 물건들, 오래될수록 더 근사해지는 물건들, 그리고 다음 세대가 기꺼이 물려받고자 하는 물건들을 소유하고 싶어하는 마음은 이제는 거의 파괴적 욕망이라고까지 할 수 있다. 왜냐하면 많은 사람들의 상상력이 이런 욕망으로 가득 차게 된다면 우리의 경제체제 자체가 무너질 위험이 있기 때문이다.

잉여로 이루어진 우리의 상품 세계는 허깨비나 환영처럼 보일 수도 있지만, 상품의 유령들은 우리 주위에 가득하다. 그래서 우리가 세상을 보는 눈을 가로막는다. 이 책에서는 이러한 잉여들을 하나하나 거론하고자 한다. 이런 잉여들은 물건일 수도 있고 버릇일 수도 있고 심리일 수도 있다. 어쨌든 이런 것들을 거론하는 건 그 자체로 어느 정도는 일본의 승려가 귀신을 쫓아내기 위해 날카로운 칼을 허공에 휘두르는 마법 같기도 하다. 잉여라는 괴물은 수천 개의 머리를 허공으로 뻗치고 있으므로 그중 일부를 거론하는 우리의 이 방법은 다소 자의적이기도 하다. 그리고 이렇게 허공에 칼을 휘두른다고 해서 늘 제대로 맞춘다고 자신할 수도 없다. 우리의 이러한 투쟁적 몸짓은 사실은 잉여들 자체를 향하는 것이 아니라 우리 자신을 훈련시키려는 것이다. 이러한 비법이 약속하는 것은 잉여들이 정말로 불필요해지는 것이 아니다. 이것이 약속하는 것은 어떤 근사한 느낌을, 그것이 환상일지라도 그런 느낌을 즐길 수 있게 할 것이라는 것이다. 그것은 자유롭다는 느낌이다. 그리고 그런 느낌은 커다란 쾌감을 줄 것이다.

가

가기 전에 작별인사하기

우리 모두 끔찍이도 바쁘다. 지나치게 분주하고 할 일이 많은 것은
이제 너무도 당연해서, 더 이상 말할 필요도 없게 되었다. 직장을 잃
는다든지 하는 전혀 예상치 못했던 일이 생기지 않는다면, 바쁜 건
당연한 일로 여겨진다. 나 자신의 경험에 비추어볼 때, 실업자가 되
면 얼마 지나지 않아 이렇게 묻게 된다. 대체 그전에는 어떻게 그렇
게 일하는 시간을 낼 수 있었을까?

집에 온 손님들은 "미안하지만 오래 있을 수가 없어요"라고 말한
다. "내일 아침 아주 일찍 출근해야 하거든요. 일이 정말 많아요."
아주 오랜만에 만났는데 너무나 안타깝다. 아내가 정말 정성스럽
게 요리도 했는데. 하지만 친구들이 어차피 느끼고 있을 압박감을

쓸데없는 것들의 사전

17

더 무겁게 하고 싶지는 않다. 그래서 식전 와인도 생략하고 대뜸 식사부터 시작한다.

대화는 즐겁다. 하지만 손님들은 간간히 시계를 본다. 그런 식으로 시간이 딱 정해진 대화는 나름의 법칙이 있다. 모든 주제를 최대한 빨리 훑어야 한다. 손님이 떠나기 전까지 시간을 효율적으로 쓰지 않으면 안 되는 것이다.

우리 집에 온 손님들은 서로 눈빛을 교환하고 고개를 끄덕인다. 그렇다. 이제 갈 시간이다. 우리도 이미 각오하고 있었다. 그렇지만 마지막으로 한 잔만 더 하자고 권해 본다. 마지막 잔이라고요? 그렇다면 좋아요. 마지막 잔을 빨리 비운다. 나는 술병을 들고 지나치게 강권하는 모양새가 되지 않도록 조심스럽게 다시 다가간다. 술을 또 한 번 따라 주지만 손님들은 알아차리지 못한다. 대화가 다시 열기를 띠었기 때문이다.

"우리는 정말로 붙잡고 싶지는 않아요." 나는 잠시 후에 이렇게 말한다. 그러면 그들은 "이제 정말 가야 합니다"라고 대답한다. 그렇지만 담배 한 대는 피워야겠다. 그리고 담배만 피우면 입이 텁텁하니까 한 잔을 더 마신다.

그러다 보면 벌써 새벽 두 시가 된다. 그 시간까지 우리는 말하자면 짐을 다 싸놓고 그 위에 걸터앉아 있던 셈이다. 그리고 문 앞에서 다시 20분 동안 이야기를 나눈다. 마치 모두 다시 집 안으로 들어가기라도 할 것 같은 모양새다. 하지만 그러기에는 안타깝게도 너무 늦었다.

가로 시설물

그것에 대해서는 이미 정곡을 찌르는 올바른 평가가 내려졌음에도 여전히 길거리에 널브러져 있는 물건들. 가로 시설물은 비판을 먹으며 무럭무럭 자라는 것 같다. 욕을 먹을수록 더 힘차게 퍼져나간다. 어디를 가더라도 기체역학을 고려한 알루미늄 휴지통, 발사 직전의 대륙간탄도탄처럼 생긴 공공화장실, 그리고 소름 끼치는 꽃을 담은 미래주의풍의 시멘트 통이 있다. 그렇다. 꽃을 가지고도 이렇게 쓸데없는 짓을 할 수 있다! 아름다운 베른 구시가지를 마치 버섯으로 뒤덮듯 제라늄으로 범벅한 것만 봐도 알 수 있다.

　도시 설계자들도 때로는 자기네가 저지른 흉측한 짓을 깨닫는다. 하지만 그 해결책은 언제나 더 많은 가로 시설물을 갖다 놓는 것이다. 아니면 다른 걸로 교체하거나, 새로 나온 것들을 시험해 보거나. 하지만 가로 시설물은 없으면 없을수록 좋다.

가십 기자

전 국가대표 골키퍼 올리버 칸의 애인인 페레나 케르트는 수많은 매니저를 고용해서 자기에 대한 언론기사들을 모두 읽고 때로는 기자들에게 즉각 반박하곤 했다. 그 후로 유명인의 뒤를 캐는 일은 무척 까다로운 일이 되었다. 그렇다고 공짜 음식과 시시껄렁한 담소를 즐길 수 있는 온갖 **칵테일 파티**☞, **이벤트**☞, 리셉션을 포기할 수 없었기에, 대부분의 가십 기자들은 이제 아무에게도 상처를 주지 않기로 결심했다. 결과가 두려운 나머지 거침없고 무자비하게 가십을 퍼뜨린다는 소명을 저버렸다. 그들이 쓰는 칼럼들은 아무 내용 없는 **무도회 보도기사**☞와 다름없어졌다. 가십 기자들은 스스로를 쓸데없는 존재로 만든 셈이다.

갈색 피부

북방 민족 피부는 본래 밝은 색이고 약간 장밋빛이 난다. 특별한 경우엔 진짜 눈부시게 흰데 그러면 혈관이 연푸른색으로 드러난다. 한때는 이 흰 피부가 그야말로 숭배를 받았다. 그런 피부는 고덕적이고 귀족적이었으며 지상을 초월한 아름다움이었다. 우리의 먼 조상뻘 할머니들은 여름이면 차양이 아주 넓은 모자나 양산에 돈을 썼다. 하지만 그때 이미 스포츠의 유행이 시작됐다. 농부들은 도시로 밀려들었고 공장이나 임대주택의 축축한 뒷마당에서 햇빛을 거의 보지 못하고 살았다. 노동자들은 사무실에 쭈그리고 앉아서 일했다. 이제 피부가 창백한 것은 임금노예의 표식이 되어 버렸다.

그때부터 햇볕에 그을린 갈색 피부는 여가의 동의어가 되었다. 여행을 했다고 주장하는 사람에게 미심쩍게 묻는다. "정말? 근데 하나도 안 탔네!" 갈색은 자유로움이고 젊음이고 건강이고 매력이다. 많은 이들에게 선탠은 위생의 욕구가 되었다. 그러니까 갈색 피부가 아니면 스스로 지저분하다고 느끼게 되었다. 여러 해 동안 자외선에 노출되다가 이를 잠시 게을리한 피부는 회색과 노란색이 섞인 이상한 색이 되고 마치 씻지 않은 것처럼 보인다.

유럽인의 취향은 변화하는 계절 속에서 형성된 것이라 뚜렷한 대조를 좋아한다. 그러니 높은 산에서 2주일을 보내고서 살을 갈색으로 그을리는 것이 무슨 문제겠는가? 그것으로 잠시 기분이 좋았다가, 그다음엔 '생각의 파리한 병색'♦이 다시 우리 얼굴로 돌아온다. 다행이 아닐 수 없다.

개혁

일간지《프랑크푸르터 알게마이네 차이퉁》에서 잡지를 발행하던 때만 해도 매주 저명인사들에게 이른바 프루스트 앙케이트■를 돌렸다. 그중에는 가장 훌륭하다고 생각하는 개혁이 무엇인지 묻는 문항도 있었다. 그러면 '노예제 폐지'나 '아동노동 금지' 같은 응답이 나왔다.《톰 아저씨의 오두막》이나《올리버 트위스트》를 읽은 사람이라면 이런 대답을 읽고 공감했다. 적어도 우리나라에서 일곱 살 어린아이가 석탄 캐는 일을 하지 않아도 되고 어떠한 사람도 돈

♦ 셰익스피어의《햄릿》중 햄릿의 독백 장면에서 나오는 문구.
■ 프랑스 작가 마르셀 프루스트도 두 번 참여했다고 해서 이렇게 불렀다.

을 받지 않고는 노동할 필요가 없다는 사실에 누군들 감격하지 않을까? 하지만 이러한 인류의 성취가 과연 정치개혁 덕분이었을까?

저 위대한 미국혁명이나 프랑스혁명이 노예해방에는 별 관심이 없었다는 이야기를 들을 때면 우리는 많은 생각을 하게 된다. 서인도 제도의 노예들을 해방시킨 사람이 누군지는 우연히도 정확히 알려져 있다. 바로 (유럽에서 재배되는) 사탕무에서 설탕을 채취하는 법을 창안한 사람◆이다. 유럽에서 값싼 설탕이 대량으로 생산될 수 있게 되자 자메이카나 쿠바에서 (사탕수수에서 나는) 원당을 수입하는 일은 수지가 맞지 않게 되었다. 이제 더 이상 노예가 필요 없게 되었고 그래서 노예제를 폐지했다. 아동노동은 국가와 사회가 갑자기 아이들을 동정해서 폐지된 것이 아니다. 점점 더 숙련공이 필요해져서 폐지된 것이다. 또한 대량생산한 상품들을 국내 시장에서도 팔아야 하고 그러려면 구매력 있는 광범위한 소비자들이 필요하다는 것을 자각하게 되어서 폐지된 것이다.

'성공한 개혁'은 늘 이런 식이다. 상황이 바뀌고 나서 어느 정도 지난 후에야 법률이 여기 적응하게 된다. 상황 자체가 오래전에 새롭게 변화하지 않았다면 개혁만으로는 무엇 하나 바꿀 수 없다. 개혁은 이미 있는 것을 확정하는 것에 불과하다. 물론 때로는 거기에도 용기가 필요하지만, 흔히 주장하듯이 늘 그런 것은 아니다.

◆ 독일 화학자 안드레아스 마르그라프를 말한다.

검은 양 ◆

하노버 왕가에서 '검은 양'은 누구일까? 이 가문 사람 대다수는 귀족 전통(가령 동등한 신분끼리만 혼인하는 일)과 작별했다. 속물의 시각에서 보면 이들이 바로 검은 양이겠다. 하지만 시민들의 시각에서 보면 하노버 왕실의 검은 양은 온갖 기행을 일삼는 에른스트 아우구스트 왕자다. 하지만 이것은 공정한 평가가 아니다. 왜냐하면 그의 선조인 잉글랜드 국왕 조지 1세 역시 종종 기이한 행각을 벌이곤 했어도 검은 양은 아니었기 때문이다. 왕관을 쓰고 있었으니 오히려 하얀 양이었던 것이다.

호엔촐레른 왕가에서는 좀 더 쉽게 판단할 수 있다. 카를 알렉산더 왕자는 (자기를 '멋진 얼간이'라고 부르는) 대중 언론 앞에서 자꾸 자기가 가난하다고 말한다. 또 페르프리트 왕자는 처음에는 마야라는 이름의 작센 여자와 결혼했지만, 이제는 성형외과 의사의 미망인이자 자꾸 옷을 벗는 여자 ■ 와 사귀고 있다. 이 가문에서는 그 두 사람이 검은 양임에 틀림없다.

경제계의 검은 양은 예전부터 늘 헬무트 폰 핀크였다. 디스코텍을 운영하는 데다가 힌두교의 바그완 종파를 추종하면서 '스와미 아난드 니트요(기쁨을 타고난 자)'라는 이름을 받은 그는 저 보수적 집단에서는 유곽 소유주 취급을 받는다. 최근에는 뤼네부르거 하

◆ 어떤 공동체에서 다른 구성원들로부터 부정적 판단을 듣는 사람.

■ 타트야나 그젤을 말한다. 베를린 사교계 참조.

이데 지역 비딩엔에 있는 말 목장에 투자했다. 그의 가문은 처음에는 미심쩍은 눈길을 보냈지만, 3년 전에 그의 종마 솔저 할로우가 올해의 말로 선정되자 그의 사업을 존중하게 되었다. 그래서 그 검은 양은 하얀 양까지는 아니지만 회색 양 정도는 된 것이다.

그러니까 많은 가문들에서는 누가 '최고의' 검은 양인지 선정하기 쉽지 않다. 그 가문에 온통 검은 양만 있어서 그렇거나, 아니면 '검은 양'이란 그저 관점의 문제여서 그렇기도 하다. 하지만 내 관점에서 본다면 어떤 가문에서 검은 양은 대개는 흰 양보다는 더 유쾌한 사람들이다.(**순응주의**☞)

겨우살이

주로 키 큰 활엽수 위에서 사는 그림처럼 아름다운 기생목寄生木. 활엽수 잎들이 겨울에 떨어지면 높은 가지 위에서 둥지 같은 겨우살이가 보인다. 겨울이 되어 벌거숭이가 된 나무 위에서 이 덤불 같은 녹색 잎들은 매혹적이다. 정말 요정 같은 이 식물에서는 켈트족 마녀 같은 기운이 발산된다. 아름다운 모양의 가죽질 잎은 마르면 조금 곱슬곱슬해진다.

영국과 미국에서는 크리스마스에 겨우살이 가지를 집 현관 전등에 매다는 풍속이 있다. 여자가 그 아래 서 있으면 그 여자에게 키스를 해도 좋다. 새침 떠는 빅토리아시대 영국에 겨우살이 가지 아

래에서의 그런 키스 때문에 짓궂고 들뜬 소동이 벌어졌음은 쉽사
리 상상할 수 있다. 그래, 좋다. 영국과 미국에는 예전에 겨우살이
가지를 달았다. 하지만 옛날 관습들이 늘 그렇듯이 거기에 트집 잡
을 일은 없다.

독일에서는 20년 전까지만 해도 겨우살이 가지에 대해 거의 알
지 못했다. 하지만 독일의 화훼산업이 새로운 시장을 열 수 있는
이런 좋은 기회를 놓칠 리 없었고 그래서 이 앵글로색슨의 관습을
독일에도 널리 퍼뜨렸다. 게다가 특히 크리스마스에 미국 남부 주
들과 동부 해안의 화려한 모습들과 큰 기둥이 늘어선 새하얀 홀에
달린 겨우살이 장식까지 보여주는 영화들이 있었으니, 금상첨화였
다. 깔끔한 신혼부부 살림집에서는, 그러니까 주부가 특히 세심하
게 장식을 하는 그런 집에서는, 이제 전등에 겨우살이 가지를 매단
다. 현관문에는 화환 모양으로 만든 겨우살이를 매달고 거기에 또
두툼한 빨간 리본을 맨다. 식탁 위에도 겨우살이 덤불을 매달 수
있다. 뷔페식 식탁에는 막대 계피나 정향을 비롯한 크리스마스 쿠
키용 향료가 즐비하다. 두툼한 밀랍 초들을 꽂은 강림절 화환이 화
려하다. 금박을 흩뿌린 말린 수국 꽃꽂이가 벽난로 테두리 위에 놓
여 있다. 한마디로 말해 '정말 크리스마스답다.' 크리스마스 축제에
대해 지식인들이 늘어놓았던 철 지난 험담들이 이럴 때면 갑자기
이해된다.

결혼식 케이크

케이크는 건축물이다. 튼튼한 기초 위에 여러 층의 반죽과 크림으로 이루어진 거대한 벽들이 올라간다. 각 층의 반죽과 크림을 스투코 장식과 지붕 장식들이 치장하고 있다. 케이크는 풍부한 재료들을 잘 모아서 맛있는 덩어리로 만든 것을 뜻한다. 그래서 케이크를 두고 폭탄이라 부르는 것도 틀린 말은 아니다. 계란, 크림, 버터, 리큐어, 장미수, 아몬드, 피스타치오, 건포도, 오렌지 필, 계피, 바닐라들을 하나의 케이크에 밀어 넣는 것을 보면 믿어지지 않을 정도이다.

아무도 포크로 떠먹을 수 없는 그런 케이크를 내놓는다는 것은 불필요한 일이 아닐 수 없다. 특히 성대한 결혼식 연회에서 그렇다. 이런 케이크는 말 그대로 여러 층이 있어서 외관은 압도적이지만, 그에 대한 경탄에는 가벼운 절망이 섞여 있다. 케이크를 볼 때 절망감이 없다면 진정한 케이크가 아니라고 말할 수 있을 정도다. 위가 작은 사람만 그 거대한 케이크를 탐할 수 있다. 그러니까 어린 아이들만 한 조각이라도 맛볼 수 있는 것이다.

케이크의 최고봉이 앵글로색슨 스타일의 결혼식 케이크라는 것은 두말하면 잔소리이다. 이런 케이크에는 신기록을 깨려는 강박이 있다. 모든 시대를 통틀어, 혹은 슈롭셔 백작 가문 역사상, 혹은 할리우드 역사상 '최대의 결혼식 케이크'라는 식으로 늘상 이야기하는 것이다. 스티로폼이나 석고로 만든 것처럼 보이는 케이크는 층층이 올라간다. 아래에 커다란 성이 있고, 그 위에 비비꼬인 기둥들이 높이 올라가고, 다시 그 위에 두 번째 성이 놓이고, 그 위에 다시 기둥이 올라간다. 신부는 여기 어울리는 드레스를 입는데, 드레스도 제과점에서 만든 것처럼 보인다. 수많은 카메라 플래시들이 터지는 가운데 신부는 칼 위에 부드러운 손을 얹고 신랑은 힘센 손으로 그 위를 누른다. 함께 케이크를 자르면서 두 사람은 하나가 된다. 그러니까 두 사람은 부부로서 처음으로 무언가를 망가뜨린 것이다. 그리고 앞으로도 그럴 일이 많을 것이다.

(공공연한) 가정불화

유럽에서 제일 부유한 가문 중 하나가 독일 두이스부르크의 하닐Haniel 가문이다. 이 가문은 대형마트 체인점 메트로의 1/3을 소유하고 있다. 가문의 수장인 프란츠 마르쿠스 하닐Franz Markus Haniel은 매년 두이스부르크로 가족들을 소집한다. 물론 약 5백 명의 구성원 중에서 3분의 1만 참가한다. 가문의 단합을 위하여 나머지 일가친척들에게도 매달 돈이 지급된다. C&A를 소유한 뮌스터란트 출신의 브레닌크마이어Brenninkmeyer 가문도 이와 비슷한 전통을 잇고 있다. C&A 설립자 클레멘스와 아우구스트에게는 총 8명의 아들과 43명의 손자손녀가 있었다. 이제 이 가족은 300여 명에 이른다. 이 가문의 각 분파 대표자들은 매년 두 차례 암스테르담의 기업 본부에서 모이는데, (여자는 없고) 남자만 대략 50명이다.

가족이 이렇게 많으면 다툼이 없을 수 없다. 가령 포르쉐 가문은 첼암제Zell am See의 쉬트구트Schüttgut에 있는 종가에서 회합을 할 때면 심지어 '집단역학'◆ 전문 심리학자를 부른다.

인간이라는 종의 유지가 가족 같이 허약한 구조에 의존한다는 사실은 늘 놀랍다. 부자나 모녀 사이처럼 서로에게 의존하는 인간관계가 원수지간처럼 그렇게까지 타락하는 이유는 무엇일까? 혹시 우리가 일상에서 자주 목격하는 가정의 비극이란, 제 아무리 불가능해 보이는 일도 가능해진 반면 아주 당연한 일은 오히려 힘들어지고 거의 불가능해져 버린 우리 현대의 산물은 아닐까?

모스크바의 톨스토이 생가에 들렀을 때 유능한 가이드는 내게 톨스토이 가족사진들을 보여주었다. "이 사진은 1889년 4월 16일 가족들이 엄청나게 다툰 후에 찍은 것입니다. 이 사진은 1894년 9월 24일 심각한 불화 뒤에 찍은 것이고, 이건 1896년 7월 12일 큰 싸움 뒤에 찍은 것입니다." 그렇게 대판 싸우고 나서 이 가족은 아직도 힘이 남았는지 저렇게 모여서 멋진 사진을 찍은 것이다.

톨스토이 가문은 분명 구제불능이었고, 그건 물론 심각한 일이다. 하지만 톨스토이의 에너지는 어쩌면 저 끊임없는 가정불화 덕분에 더 강해졌는지 모른다. 저런 전쟁 상태를 유지하는 것이 톨스토이에게 즐겁지는 않았겠지만, 그래도 그는 이런 상태를 유지하기를 바랐을 것이다. 이런 현상은 어쩌면 아주 현대적인 것으로, 그

◆ 집단의 원활한 운영을 위하여 집단의 특징이나 발달, 상호 작용을 역학적 방법으로 연구하는 학문.

때 그 천재는 나중에 우리에게 아주 익숙해지게 될 행사를 치르고
있었던 것이다.

가정불화는 무시무시한 것이지만 그렇다 해서 꼭 불필요한 것만
은 아닐 것이다. 그러나 일부러 집안 분위기를 악화시키고 또 이를
외부에 과시하는 사람들도 많은데, 이것은 불필요한 일이다. 그들
은 마치 자기 유년기가 불행했으며 부모나 형제자매가 냉랭한 사
람들이어서 자신의 감정을 짓밟았다는 것을 자랑스러워하는 것처
럼 보인다. 그런 사람들은 이런 이야기에 냄새가 있다면 어떤 냄새
일까 한 번 생각해 보는 편이 좋지 않을까?

관계 위기

'관계'라는 말만 해도 그렇다. 더 이상 스캔들도 아니고 모험도 아
니고 '정사情事'(이 말만 해도 충분히 의심스럽기에 한때는 '구운 감자'라
는 말을 거기 덧붙였다.*)도 아니고 하물며 18세기 후반에 일컬었듯
이 '로맨스'는 더욱 아니다. 이제는 애인, 정부情婦, 첩, 소실이 아니
라 '관계'를 가진다고 말한다.

사람들은 이제 주위 모든 것에 대해, 예컨대 자기 슬리퍼, 자기
개, 자기 집 관리인, 자기 집주인에 대해 늘 정돈된 관계를 맺고 있

◆ '구운 감자 정사(Bratkartoffelverhältnis)'는 느슨하고 단기적인 혼외 관계를 뜻하는 독일의 관용어.

다. 많은 밤을 함께 침대에서 잠을 잔 한 쌍이 '관계'를 맺고 있다는 것은 너무도 사무적으로 들려서 차라리 우스꽝스럽다.

이 '관계'라는 말은 현대의 사랑에서 중요한 면 하나를 보여준다. 예전의 애정 관계에서는 금지된 것을 둘러싼 묘한 긴장과 매력을 느낄 수가 있었다. (예컨대 '야생의 결혼'◆이라는 말은 모험과 위험의 냄새를 얼마나 짙게 풍기는가.) 하지만 그런 것들은 이제 완전히 사라졌다. 마치 그런 적이 전혀 없었다는 듯이. 소시민적 일상생활에서는 열여섯 살 딸이 어린 애인을 데려오면 그는 사랑의 밤을 보낸 후 아침식사 자리에 같이 나타나서 딸의 아버지와 분데스리가 경기 결과에 대해 이야기한다. 누가 누구와 자는지는 스타들 뒤를 캐는 기자들이나 관심을 가질 따름이다.

그 대신 그럴수록 '관계 위기'라는 말은 더 많이 쓰인다. 이 말은 불화, 거짓말, 외도, 질투, 번민이라는 말 대신 쓰인다. 이제 만족스러운 성은 전혀 흥미로운 대화 주제가 아니다. 하지만 만족스럽지 못한 성은 서비스 분야에서 어마어마한 붐을 불러일으켰다. 관계를 개선하기 위한 온갖 종류의 상담들이 오히려 이런 위기를 길게 늘여서 영구적인 과제로 만들어 버린다. "무엇을 도와드릴까요?"라고 전문가는 묻는다. 여자는 "우리 관계는 위기에 처해 있습니다"라고 말한다. 그러는 동안 남자는 눈을 떨구고 있다. 전문가는 고개를 끄덕인다. 바로 그것만을 예상했을 테니까.

◆ wilde Ehe, 동거 혹은 사실혼을 뜻한다.

관용 과잉

관용은 우리 시대와 우리 문화의 최고 덕목이다. 하지만 가장 거북한 덕목 중 하나이기도 하다. 관용이 가장 상위의 계율이라면 불관용의 세계관에 대해서도 관용적이어야 할까? 어떠한 신념이라도 다른 신념만큼 옳다고 하면, '진리'는 뭐가 되지? 가령 뉴턴의 중력상수를 보자. 그것은 참이거나 참이 아니다. 이는 윤리적 물음에서도 마찬가지이다. 그것은 좋거나 나쁘다. 둘 다일 수는 없다.

플라톤은 '좋음은 모두에게 공통적이다'라고 말했다. 선과 악이 상대적이라면 이런 말은 아무 의미도 없어진다. 관용이라는 계율을 그야말로 극단적으로 과장하는 것은 쓸데없는 정도가 아니라 위태롭기까지 하다. 참과 거짓, 좋음과 나쁨의 구별이 완전히 사라질 수 있기 때문이다.

교육

교육이 불필요하다고? 이 말을 듣고 분노하는 소리가 들리는 듯하다. 당연하다. 교육은 모든 문화에서 핵심 프로그램이니까. 한 세대가 바뀌면 인간을 사회적 존재로 만들기 위해 또 다시 새롭게 노력해야 한다. 그러니까 네안데르탈인 이래로 인간 유전자는 바뀐 것이 하나도 없는 것이다.

이기주의로 똘똘 뭉친 귀여운 아이를 힘겹게 훈육하고 사방으로 마구 손을 뻗치는 아이에게 한계를 가르쳐야 한다. 쓰라린 일은 이뿐이 아니다. 아이는 이제 사회의 온갖 규칙들에도 굴복해야 한다. 다시 말해, 아이 가슴에 야심과 공명심을 깨워야 하고, 아이가 적이 될 사람을 순진하게 믿지 않도록 허위가 무엇인지도 가르쳐야 한다. 이 어린아이는 먹을 것에 입을 방탕하게 갖다 대는 것이 아니라 아주 비실용적인 방식으로 홀짝홀짝 떠먹는 법을 배워야만 한다. 그리고 자기에게 자연스럽게 보이고 자기가 하고 싶은 것은 모조리 가로막혀 있고 수천 가지 제한이 딸려 있음을 받아들여야 한다.

이런 과정은 교육받는 사람보다 교육하는 사람에게 훨씬 더 어렵다. (게다가 이런 과정은 30년은 족히 걸린다. 인간의 수명이 길어지면서 유아기도 더 오래 지속되므로.) 교육을 하는 것은 늘 실망과 쓰라림을 수반한다. 그리고 아무리 노력해도 소용없다는 느낌이 점점 강해진다. 마침내 체념 끝에 깨닫는다. 교육이 불필요한 것은 아니지만(교육이 전혀 없다면 어떤 일이 일어날지를 상상하면 끔찍하다!) 교육을 통해 많은 것을 이룰 수는 없다는 것을.

교육필요자 ☞대학학업자

32

교회에서 박수치기

풍자시의 대가 로베르트 게른하르트^{Robert Gernhardt}는 교회와 그리
관련이 없다. 그래서 '바울은 아파치족에게 보낸 서한에서 썼다. 너
희는 설교가 끝난 뒤 박수치지 말라!'라는 그의 시가 얼마나 중요한
예배당 행동 수칙을 말한 것인지 스스로도 잘 모를 것 같다.

요즘은 교회에서 우렁차게 박수를 친다. 때로는 설교가 끝난 뒤
에 치기도 한다. 이런 박수갈채가 터져 나오는 것은 무엇보다도 목
사나 신부가 다음과 같이 말할 때이다. "즐거운 일요일입니다. 신
도 여러분. 그리고 여기 와주신 모든 분들께 감사드립니다." 이렇
게 말하면 박수가 처음 터져 나온다. "언제나처럼 오르간을 쳐주
시는 에버하르트 박사님께 깊이 감사드립니다." 박수가 더 커진다.
"제단의 꽃 장식을 해주신 귄터 여사와 네벨타우 여사에게도 감사
드립니다." 박수는 조금 잦아든다. 우리 신도들은 귄터 여사와 네
벨타우 여사를 싫어하나? 미사를 돕는 복사들과 성체를 나눠주는
사람들에게, 그리고 어떤 방식으로든 예배나 미사에 관련되는 사
람들에게도 박수로 감사를 전한다. 그러고 나서 마침내 예배는 수
다스러운 설교로 넘어간다.

일요일 아침에 모이는 기독교인들이 그렇게 친절하고 예의 바
르게 행동하는 것은 아주 훌륭하다. 하지만 예배에 온 것이지 그냥
교구 모임에 온 것은 아니지 않은가. 우레와 같이 박수를 치고 서
로에게 감사하고 서로에게 다정다감하게 구느라 이걸 잊는다면,

꼭 교회에 올 필요도 없을 것이다.

그 후의 담배

흡연자라면 담배를 향한 불타는 갈급이 익숙할 것이다. 오랫동안 만찬을 하는 동안 흡연자들은 배가 부르고 느긋해지기보다는 오히려 점점 초조해진다. 입속에 끊임없이 먹을 것을 밀어 넣었기에 담배가 들어갈 자리가 없어 보이는데도 그렇다. 레스토랑의 피아노 연주자는 서툰 피아노 연주를 중단할 수 없는 상황이기에, 중간중간 탐욕스럽게 빨아들인 담배꽁초를 주머니에 버려서 타버린 자국을 남긴다.

사랑을 나누는 동안에도 한동안 담배를 피울 수 없는 때가 있다. 두 손 모두 바쁘기 때문이고 또 입도 어차피 다른 일로 바쁘기 때문이다. 그러나 평화가 다시 찾아오면 흡연자는 담배에 불을 붙인다. (여성 흡연자가 그런 경우는 아주 드문데, 왜 그런지 생각해 봐야 한다!) 그것이 이미 관용어가 되어 버린 '그 후의 담배'이다. 이런 상황은 영화에서도 섹스 후의 덜 즐거운 장면으로 부드럽게 연결하기 위해 자주 써먹었는데, 아마 영화를 통해서 널리 퍼진 것일지도 모른다.

남녀는 방금 서로의 몸에서 떨어져 나왔다. 나란히 누워 있기는 하지만 조금 전처럼 딱 붙어 있지는 않다. 두 사람은 천정이나 담배 연기를 바라본다. 방금 전까지 공중에 붕 떠 있는 느낌이었지만 이내 허공을 가로질러 떨어졌으며 이제는 바닥에 널브러져 있다. 이제 (섹스와는 달리) 어떠한 회한도 주지 않는 쾌락의 시간이다. 담배를 피우는 시간인 것이다.

언제나 일관성 있게 담배를 뽑아 무는 것은, 섹스를 할 때 몸을 빠져나갔던 정신이 담배 힘을 빌려 저 익숙한 몸으로 다시 스며들 수 있기 때문일지도 모른다. '그 후의 담배' 덕분에 방금 전까지 불처럼 뜨겁던 남자는 다시 자신을 추스른다. 그리고 담배를 눌러 끄면서 말한다. "이제 가봐야 해."

기념문집

고전적인 기념문집은 오랜 전통을 지닌 학계의 관행이다. 어떤 교수가 예순이나 일흔 살이 되면, 그에게 경의를 표하기 위해 제자들과 학자 친구들이 모인다. 물론 다 알듯이 그에게 직접 찬사를 보내는 것은 아니다. 친구이거나 이렇게 저렇게 관련이 있는 학자들은 이보다는 자기 연구 분야에서 자신이 어느 정도 중요하다고 생각하는 논문들을 헌정한다. 축하받는 사람의 전문 분야와 반드시 관련 있을 필요는 없다. 경의를 표하는 것은 무엇보다도 차세대 학자들이 가령 〈히타이트 민족의 너트의 초기 형태에 대하여〉라는 논문을 인용하려고 할 때 그 교수의 기념문집을 출처로 명기하도록 하는

데 있는 것이다.

최근에는 출판업자나 작가, 기타 학계와는 거리가 먼 사람들의 기념일에도 기념문집을 요구한다. 이것은 고전적인 기념문집과는 이름 외에는 공통점이 없다. 그러면 이 사람과 언젠가 한 번이라도 접촉한 적이 있는 모든 사람들이 뭔가 조공을 바쳐야 한다. 하지만 그들은 기념문집의 전통을 모르기 때문에 그 아래에 온갖 칭송과 상찬과 찬미의 노래를 늘어놓는다. 그 사람과 절친한 예의 바른 편집자들이 '그 사람 모르게' 그런 것을 요구하기도 한다. 그런 책들에는 감동적 일화들이 가득하고 기교를 부린 찬사가 가득해서 우리를 당혹스럽게 한다.

그렇게 칭찬을 잔뜩 늘어놓는 것을 정말로 즐거워할 사람이 누가 있을까? 차라리 기념일을 맞는 사람을 향해 "만세!" 한 번 외치고 그의 건강을 비는 건배나 한 번 하고 마는 것이 훨씬 세련되고 깍듯한 일일 것이다. 그리고 기념문집을 발간하는 데 드는 비용으로 황금 넥타이핀을 사줄 수도 있다.

기념품

우리의 박물관에 세워져 있거나 걸려 있는 것들 중 상당수는 예전에 여행자가 기념품 삼아 가져온 것들이었다. 카날레토나 하케르트 그림, 로마 흉상, 에트루리아 꽃병, 괴테가 가져온 유노 루도비시 석

고상 등이 그랬다. 빈의 호프부르크 궁전 보물관에서 관람객의 찬탄을 사는 일각수 뿔(실은 일각돌고래의 긴 앞니)도 원래 기념품으로 합스부르크 왕실 수중에 들어온 것이다. 십자군이 성지에서 가져와서 전 유럽의 대성당과 시골 교회에 흩뿌려 놓은 무수한 성유물들은 말할 것도 없다.

　오늘날에도 패키지여행을 포함해서 모든 여행은 그 바탕에 약탈을 위한 출병의 성격을 간직하고 있다. 빈손으로 돌아오는 것은 허탕 치는 것이다. 하지만 이제 여행은 산업이 되었고 기념품 생산도 마찬가지다. 토속시장에서 파는 목공예품은 우습게도 자메이카이건, 시칠리아의 타오르미나이건, 그리고 어쩌면 홍콩이나 대만이건 간에 똑같이 생겼다. 물론 인도에서 루비를 사면 함부르크의 양심적 보석상에게서 사는 것보다도 훨씬 싸기는 하다. 하지만 그 대신 우유에 빠진 딸기 사탕처럼 생겼다. 태국에서는 150달러를 내면 24시간 안에 양복을 맞출 수 있지만, 집에 돌아와서 이 세상 어디에도 없을 만큼 기이하며 몸에 정말 맞지 않는 물건을 옷장에 걸게 된다. 알록달록 빛나는 사리들, 은이나 조개나 상아로 만든 커다란 장신구들이 유혹적으로 눈앞에 펼쳐져 있으면, 우리 아내들은 저 자극적인 색의 장신구를 하기에는 (갈색으로 몸이 탄 상태여도) 너무 살이 하얗다는 것과 이런 장신구를 하고 베를린을 돌아다니면 축제 행렬에서 큼직한 종을 주렁주렁 매단 암소처럼 보일 거라는 걸 금방 잊어버리고 만다. 게다가 가끔 정말 좋은 것을 발견했다 하면 반출이 금지되어 있다. 그것을 보려면 직접 그리로 가야 한다. 그러면 기념품이라는 문제는 저절로 해결된다.

껌

끊임없이 어떤 식으로든 무슨 일인가를 하려는 것은 인간이라는 종의 특징이다. 꼼짝도 하지 않는 데에 오히려 많은 에너지가 들고 집중력까지 필요하다. 하지만 어떤 활동을 할지 늘 확실한 것은 아니다. 일단 다리를 흔들기 시작하면 조금 안도가 된다. 동물원의 원숭이나 코끼리도 따분하면 상체를 앞뒤로 흔든다. 그리고 온몸의 모든 구멍에서 껍질과 분비물들을 꼼꼼하고 철저하게 청소하고 그 다음에는 손톱을 가지런히 다듬을 수도 있다. 그래도 마음이 초조해서 터질 것 같다면 아무한테나 전화를 할 수도 있다. 방해할 사람이 누군가는 있게 마련이다. 이런 것이 인간의 특징이라면, 껌이야말로 인간을 위한 최고의 작품이라고 치하해야 하지 않을까?

　껌은 건강에 좋다. 아니, 의사 선생님 추천에 따르면 적어도 무가당껌은 그렇다. 누구나 알듯이, 오늘날 마음을 움직이는 최고의 논리는 바로 이것이다. 건강이라는 논리에 대적할 것은 아무것도 없다. 하지만 껌이 왜 건강에 좋단 말인가? 아마 껌은 턱 근육을 강화할 것이다. 우리 모두는 호두를 어금니로 부술 수 있기를 원하니까. 그밖에도 껌을 씹으면 나쁜 충치 박테리아들을 뭉그러뜨리고 불소를 비롯한 다른 좋은 것들을 치아 법랑질 안으로 비벼 넣을 수 있다고 한다.

이제 건강을 지키기 위해 껌을 씹는 동안 영혼의 평화가 찾아온다. 보통은 온갖 잡념에 시달리는 우리의 의지는 이제 단 하나의 목표에 집중한다. 껌을 질경질경 씹는 일에.

상다리가 부러지게 차려 놓은 맛있는 음식을 먹는 것을 보면서도 보통은 씹는 것 자체를 소화와 연관시켜서 생각하지는 않는다. 하지만 껌 씹는 사람을 보면, 껌 자체는 소화시킬 수 없는 것인데도, 어쩔 수 없이 변기에 앉은 사람을 떠올리게 된다. 그렇게 속이 미식거리는 느낌이 들더라도 껌이 불필요하다고 말할 수는 없겠다. 왜냐하면 껌이 없다면 기차역마다 바닥에 달라붙은 껌들을 제거하는 저 비싼 기계들마저 불필요해질 테니까.

낙관주의

낙관주의에서 불편한 점은 무엇일까? 모든 일이 잘 될 것이라는 희망은 납득할 만하다. 끊임없이 자기 주변의 위험에 대해서 생각하는 사람은 집 밖으로 나가지도 못할 것이다. 집 안에서도 지붕이 무너지지 않을까 걱정해야 한다. 고속도로는 위험한 곳이다. 비행기를 타면 하이재킹당할 수도 있고 추락할 수도 있다. 숲에는 멧돼지와 모기와 살인진드기가 도사리고 있다. 약혼하면 파혼당할 수 있다. 잠자리에서도 죽을 수 있다. 하지만 우리의 경험이 가르치는 것은 모든 것이 다 나쁘지는 않다는 것이다. 게다가 상당히 많은 사람들에게는 불행이 전혀 일어나지 않는 것처럼 보이기도 한다.

그러니까 통계적으로 보면 낙관주의자가 합리적이다. 아무리 끔

찍한 전쟁 중이라도 죽는 사람보다 사는 사람이 많다. 이 덫이 이
번에는 탁 닫히지 않을 것이고 따라서 이번에도 모든 일이 잘될 것
이라는 소박한 암묵적 믿음에 대해서는 비난할 것도 없다. 그러나
신을 비롯한 모든 운명의 힘이 자신을 보호하고 있다는 오만한 낙
관주의에 대해서는 비난할 것이 있다.

제일 심각한 것은 이런 사람들의 기분이 늘 하늘을 찌를 듯이 좋
다는 것이다. 생기와 확신에 충만하여 이를 과시하면서 온갖 걱정
들을 다 쓸어버린다. 합리적 걱정들까지도. 그들이 최고라고 여기
는 계획에 대해 즉각적으로 열광하지 않는 사람들은 '걱정꾼'이라
는 끔찍한 말로 부른다. 낙관주의의 모토는 '긍정적으로 생각하라'
이다. 이들은 '긍정적(양성)'이라는 말이 의학에서는 그리 좋은 뜻
이 아님을 전혀 염두에 두지 않는 것 같다.

남성 모자

남자가 모자 없이는 집 밖에 나서지 않던 시절은 그리 오래된 일이
아니다. 역사가 닐 스타인버그Neil Steinberg는 모자를 쓰지 않는 것은
아무리 좋게 봐줘도 '정신병자, 거지, 주정뱅이'였다고 말한다. 또
한 그는 남성 모자가 왜 한물갔는지에 대해 흥미롭게 설명한다. 스
타인버그에 따르면 미국 모자 산업계의 원흉은 바로 존 F. 케네디이
다. 그는 모자를 쓰지 않은 첫 번째 대통령이었다. 단순하고도 인상

적인 스타일의 케네디 때문에 그 후 여러 세대 동안 남성들은 모자를 쓰지 않게 되었다.

내 생각에 이 문제에 대한 답은 좀 더 복잡하다. 예를 들어 모자를 쓰고 자동차를 타면 천장에 부딪힌다. 또 모자걸이에 걸린 모자가 속물성의 진수로 여겨지게 된 이후로 운전하는 남자들은 차라리 모자를 완전히 포기하기에 이른다. 둘째로 오늘날에는 여자들도 남자가 자기 앞에서 모자를 벗기를 기대하지 않는다. 그러니까 남자가 산책을 할 때 굳이 모자를 쓸 필요가 없다. 셋째로 마지막 치명타로, 남자들이 머리를 다듬게 되면서 모자는 쫓겨나게 되었다. 모자를 쓰면 머리 모양이 망가지기 때문이다. 그리고 (이미 오래전에 과학적으로 증명되었다시피) 머리 모양은 직장에서 남자가 성공하는 데 결정적인 부분이다.

남성 미용

남자들이 이발소에 가던 시대, 몇몇은 매일 가고 대부분은 일주일에 한 번 가던 그런 시대는 지나갔다. 유감이 아닐 수 없다. 왜냐하면 이발소에서는 남성의 외모를 아름답게 꾸미기 위해 여러 가지를 할 수 있었기 때문이다. 여러 가지라고? 사실 남자가 외모에 대해 할 수 있는 일이 그리 많지 않다는 것은 우리 모두 알고 있다. 할 수 있는 일은 기껏해야 조금 산뜻해 보이게 하는 것, 조금 미끈하고 부드럽게 만들고 불그스레한 혈색으로 꾸미는 것 정도이다. 아마도 이렇게 하는 동안 편안하게 느끼기 때문에 외모가 나아지는 것일 테다.

예전의 이발사는 고객의 머리를 감기면서 비누 거품을 두 번 냈다. 그다음에 까칠까칠한 수염을 말끔하게 깎으면 수염은 마치 피부 속으로 사라지는 것처럼 보인다. 하지만 제일 좋은 것은 면도 후에 축축한 천으로 덮는 것인데, 천은 너무 뜨거워서 눈물이 쏙 빠질 지경이다. 그리고 코와 귀에서 잡털을 싹 뽑고 머리를 빗고 구레나룻의 소소한 부분까지 다듬는다. (아주 비싼 런던의 이발소에 간 것이 아니라면) 마지막으로 하는 일은 이 전체 과정에서 유일하게 의심스러운 것이다. 막 면도한 사람에게 애프터쉐이브를 잔뜩 처바르는 것인데, 그러면 손님은 하루 종일 주변에 향수 냄새를 풀풀 풍기며 다니게 된다.

그리고 유행의 최첨단을 달리기 위해 무엇인가 해야 하지 않을까? 그래서 웃통 벗은 아름다운 남자들 사진이 모든 잡지의 '남성 미용 시리즈'에 실려 잡지의 명성을 드높인다. 그 남자들에 비하면 벨베데레 궁전의 아폴로 상조차 털 뽑힌 닭처럼 보인다. 고객이 원하면 온갖 병과 통과 튜브와 스프레이에 든 프리쉐이브와 애프터쉐이브, 목욕용 바디밀크, 목욕 후 수분크림 등을 살 수 있다. 크림, 연고, 오일이 뿌리는 그 향기를 형용하기 위해서는 페르시아 연시戀詩에 나오는 온갖 형형색색의 미사여구를 총동원해야 할 판이다. 그리고 오늘날 미용제품 광고에서는 정말로 이런 시를 속삭이는 것 같다. 이런 광고에서는 사향과 백단재와 귀한 약초들이 마술 같은 효능이 있다고 거리낌 없이 소곤거린다.

이 모든 병과 스프레이를 다 사용하려면 오전이 다 가버릴 것이다. 하지만 우리에게 정말 필요한 것은 저 동방의 요술램프일지도 모른다. 그걸 몇 번 문지르기만 하면 노련한 늙은 이발사 혼령이 튀어나와서 능숙한 솜씨로 이 모든 화장들을 다 해준다면 좋을 테니까.

내부자 정보

유감스럽게도 계급 분열은 늘 있게 마련이다. 하나를 극복하면 다른 것이 나타난다. 예전에는 귀족과 부르주아가 있었고 그다음에는 부르주아와 프롤레타리아가 있었다. 이것이 사라진 다음에는 새로운 분열이 나타났으니, 내부자(인사이더)와 외부자(아웃사이더)가 그것이다. 겉으로 보기에는 큰 차이가 없지만, 내부자는 디스코텍에 들어갈 수 있어도 외부자는 밖에서 서성거려야 한다. 그 차이를 우리에게 일러주는 사람은 문을 지키는 그 무례한 녀석들뿐이다. 누구든지 주식을 살 수 있다. 민주주의가 여기보다 더 완벽하게 실현된 곳은 없다. 하지만 내부자만이 실제로 돈을 벌 수 있다. 돈을 벌려면 내부자 정보를 잘 챙겨야 한다. 낮말은 새가 듣고 밤말은 쥐가 들으니까.

경제지나 여행정보지나 라이프스타일 잡지는 이런 상황 때문에 돈을 번다. 모든 것을 다 가질 권리가 있다고 믿고 바로 코 밑에 그 모든 것이 넘실거리고 있다고 생각하면서도 그것을 어떻게 움켜쥐어야 하는지 모르는 대중들의 탄탈로스 형벌◆을 이런 잡지들은 잘 알고 있다. 이 잡지들이 제공하는 내부자 정보들은 절세와 투자와 음식점과 유행에 대해 내부자만 아는 정보를 준다고 약속한다. 하지만 내부자들은 잘 알고 있다. 외부자인 대중들에게 내부자가 자기 지식을 정말로 나눠줄 것이라고 진지하게 믿는 사람은 큰코다칠 것임을.

넥타이핀

이스탄불의 톱카프 궁전Topkapi-Serail이나 드레스덴의 왕실보물관에서는 예전에 남자들이 어떻게 치장을 했는지 볼 수 있다. 터키 술탄은 터번 브로치로 달걀 크기 에메랄드를 썼고, 폴란드를 지배한 첫 번째 작센 왕이었던 선제후■ 아우구스트 강건왕은 술탄도 눈이 휘둥그레질 보석들로 치장했다. 그 보석들은 엄청나게 무거웠다.

빌헬름 황제 시대는 이미 상당히 청교도적이었지만 그때에도 남

◆ 그리스 신화에서 지옥에 떨어진 탄탈로스가 목까지 물속에 잠겨 있는데도 물을 마시려고 하면 물이 입 아래로 내려가는 형벌.

■ 독일 황제의 선거권을 가졌던 일곱 사람의 제후.

자들은 온갖 금은 세공품으로 몸을 휘감았다. 커프스단추와 셔츠 단추에 다이아몬드를 박고, 상의 옷깃에는 호화로운 브로치를 달았으며, 반지를 끼고, 화려한 장식의 회중시계에는 두툼한 시곗줄이 달려 있었다. 황금과 에나멜로 만들고 자물쇠에 루비가 달린 코담배 상자와 담배 상자는 말할 것도 없다.

그러나 유럽에는 늘 두 학파가 경쟁했으니, 치장하는 귀족주의와 소박한 귀족주의였다. 플라톤 시대에 아테네의 한 귀족은 남자들의 장식이 야만스럽다고 생각했다. 로마의 원로원도 흰 토가에 자줏빛 긴 천을 대는 정도로 토가를 입은 다른 의원들과 구별하려 했을 뿐이다.

오늘날 남자는 치장하지 않는다는 이상이 다시 퍼져 있다. 보석상들에게는 고민거리가 아닐 수 없다. 그들은 손목시계를 점점 비싸게 만드는 데 전념할 수밖에 없게 되었는데, 손목시계는 직업상 꼭 필요한 도구이고 테크놀로지가 반영되어 있기에 남자의 치장 금지령에 해당하지 않기 때문이다. 인간에게는, 그리고 남자에게도 까치와 비슷하다고 볼 수 있는 어떤 자연스러운 치장 본능이 있는 것 같다.

오늘날에 이런 본능은 넥타이핀에서나 드러날 수 있다. 넥타이핀은 아주 실용적이라고 말한다. 아름다운 것이라도 남자에게는 실용성이 있어야 정당화되기 때문이다. 넥타이핀이 없으면 넥타이가 아무렇게나 이리저리 날리기 때문이란다. 하지만 그렇다고 무슨 피해가 있지? 넥타이가 이리저리 날리면 안 되는 이유가 있을까?

실은 남자 몸에도 약간의 금이 무조건 있어야 하기 때문이다.

노벨상

노벨상에 왕실의 광채가 필요하다는 것이야말로 아마 스웨덴을 계속 군주국으로 남게 하는 가장 중요한 근거일 것이다. 그리고 노벨상만이 할 수 있는 일이 있으니, 귄터 그라스가 연미복 입은 모습을 볼 수 있게 해주는 것이다. 이것만으로도 저 어마어마한 비용의 값을 한다.

눈높이

모든 일에 대해서 쓸 수 있는 눈높이라는 표현을 들으면 아름답고 생생하며 감각적으로 이해하기 쉬운 그림이 떠오른다. 계단이 있다. 계단 아래에 한 남자가 서서 위에 있는 사람의 배꼽을 바라본다. 여기에는 서로 협상할 것이 별로 없다. 아래 있는 사람은 고개를 쳐들어야 위에 있는 사람을 볼 수 있다. 그는 고함을 지르거나 불평을 늘어놓아서 위에 있는 사람을 귀찮게 만들 수는 있지만, 점점 수그러들 수밖에 없다. 목이 아파질 테니까.

그래서 동등한 상대끼리 대화하고자 하는 욕망은 이해할 만하고,

오늘날 누구나 그런 이야기를 하고 있다. 정치인들은 어떤 협상을 '오직 같은 눈높이에서' 해나갈 것이라고 공언한다. 그렇지만 눈높이라는 것은 실은 매우 단순한 원리이다. 자기에게 무엇인가를 허락하거나 거부할 수 있는 사람에게 무언가를 바라는 사람은 결코 그와 같은 눈높이에 있을 수 없다. 물론 협상이 어떻게 되건 양측 모두 별로 신경도 안 쓰는 경우는 예외이다. 하지만 그렇다면 굳이 눈높이에서 협상한다는 말을 할 필요가 있을까?

뉴스

텔레비전☞에 대한 철 지난 보수적 비판은 대개의 경우 뉴스에는 해당하지 않는다. ZDF의 〈호이테〉나 ARD의 〈타게스샤우〉가 방송되는 시간은 많은 이들에게는 성스럽다. 그들은 정치적으로 책임감 있는 시민이라면 뉴스만은 꼭 봐야 한다고 말한다. (뉴스가 끝나면 텔레비전을 다시 꺼야 하지만.)

이처럼 미디어가 진지하고 객관적이라는 확고한 인상을 주게 된 이유는 무얼까? 물론 우리는 공정하게 말해야 할 것이다. 뉴스가 진행되는 불과 몇 분 동안 그날 하루 일어난 가장 중요한 사건들을 요약한다. 그다음에 중요하다는 외피를 덮어 쓴 스포츠 소식을 전하면 뉴스 시간은 끝난다. 그날 일어난 무수한 일 중에서 몇 가지를 선정하는 일은 뉴스 담당자의 의도가 반영되거나(자기들 생각에 일어났기를 원했던 사건을 전한다), 아니면 우연에 불과하다(다채로운 사건들에 낚싯대를 드리우고는 그 날 하루를 넘어서는 의미를 지닌 중요한 사건이 낚였기를 기대한다). 하지만 여행을 가거나 병에 걸려서 어쩔 수 없이 오랫동안 뉴스를 보지 못했던 사람이 다시 뉴스를 보면 그 동안에 이 세상은 하나도 변하지 않았음에 놀라게 될 것이다.

다

다이어트 상품

이제 기름지고 무겁고 달콤한 모든 것에 대한 찬가를 부를 때다. 이런 특징들은 서로 결합해야만 제대로 효력을 발휘한다. 특히 기름진 것은 이른바 미각 강화제인데, 무엇보다도 버터를 뜻한다. 은은하고 육감적인 향기, 연한 색깔, 부드러운 질감을 지닌 저 천상의 물건이 바로 버터이다. 버터로 맛나게 만들지 못할 음식은 없다. 버터는 그 자체로도 맛깔스럽지만, 겸손하게도 모든 음식이 지닌 최고의 성질을 더욱 북돋아 주는 역할도 하는 것이다. 버터가 없다면 제대로 된 맛은 전혀 낼 수 없다. 버터는 맛에 바디감과 풍부함을 제공하기 때문이다. 그래서 버터는 다른 어떤 것으로도 대체할 수 없다. 적어도 달콤한 음식에서는 그렇다. 세계 여러 지역에서 버터의 대체재로 쓰이는 올리브기름은 과자나 케이크에는 어울리지 않는다. 버터보다 나은 것은 기^{ghee} 뿐인데, 이는 인도의 야주르베다 전통의 요리에서 사용되는, 액체 상태의 버터 농축물이다.

또한 무거움이 없는 달콤함은 다소 김빠진 맛을, 아니, 심지어 씁쓸한 맛까지 주기 십상이다. 이런 유의 음식은 몸에서 잘 흡수되지 않으며, 입안에 좋지 않은 느낌을 남긴다. 달콤한 맛은 꿀이나 설탕에서 나와야 하고, 이것은 어떠한 것으로도 대체할 수 없다. 커피 맛을 망치는 사카린 같은 감미료는, 설탕을 억지로라도 포기해야 하지만 그럴 수 없는 사람들을 놀리려고 발명한 것이다. 이런 가짜 설탕이 든 병에 붙어 있는 '대체'라는 말의 의미를 깨달으면 조금 비참해진다.

사랑을 할 때 우리는 평생 이십대와 같은 그렇게 끝없는 욕망을 갖지는 않는다. 서른 살만 되어도 우리는 밤새 술을 퍼마시고 다음 날 아침에 멀쩡하게 일을 시작할 수 없다. 늦어도 마흔 살이 되면 담배는 점점 피우기 힘들어진다. 그리고 순한 담배는 젊은 시절 줄 담배로 피우던 필터 없는 담배의 저 씁쓸한 희열을 돌려주지 못한다. 우리 몸은 맛난 디저트 1그램씩을 충실하게 축적하기 시작하고 한 번 축적하면 다시는 내보낼 수 없다. 하지만 언젠가 우리가 결정해야 할 시간이 온다. 풍채 좋은 기침을 하는 늙은 기형이 될 것인지, 아니면 기대수명은 높지만 고행자처럼 비쩍 마른 염소가 될 것인지.

늙어 가면서 크고 작은 불행이 많이 찾아온다. 다이어트 상품들로 그런 불행을 더 힘들게 할 필요는 없을 것이다.

대규모 행사

사실 어떤 종류라도 마찬가지이다. 월드컵이건, 올림픽 개막식이건, 롤링스톤즈의 또 한 번의 은퇴 콘서트이건, 그런 자리에 직접 참여한다는 상상은 매혹적이지만, 현실은 아주 다르다. 행사가 시작되기 몇 시간 전에 도착해야 한다. 스타디움 주변에는 안전을 위해 차단선을 쳐놓았다. 대규모 행사의 역설은 그 장소에 가는 것을 거의 불가능하게 만들어 놓고, 가는 게 힘들면 힘들수록 결국 더 많은 사람이 모여든다는 데 있다.

이런 행사를 위해 태어난 사람들이 있다. 스타디움 근처의 그 어수선한 곳에서도 그들은 전혀 흔들림이 없다. 아무 표지판도 없는 길을 따라 마치 개미떼처럼 오랫동안 뚜벅뚜벅 걸어간다. 한마디 불평도 없이. 왜냐하면 대규모 행사란 원래 걷고 또 걷는 것이기 때문이다. 도처에서 차단시설들이 길을 가로막는다. 완장 찬 사람들이 신분증과 입장권을 보여 달라고 요구한다. 이런 곳을 찾는 어떤 사람들은 무기가 있는 것처럼 보인다. 그중 일부는 걸러지지만 당연히 모두 걸러지지는 않는다. 그러려면 스타디움이 한밤중까지도 꽉 차지 않기 때문이다. 주변에는 벌써 구토하는 사람들이 있다. 모두가 황홀경에 빠지게 될 이 행사에 대한 기대가 너무 컸던 그들은 행사가 시작하기도 전에 너무 일찍 도착해서 벌써 녹초가 된 것이다. 이동식 화장실은 충분하지 않고 근처에 가면 지린내가 진동한다. 그리고 드디어 스타디움에 들어가서 수천 명 사이에 끼어서 행사에 참가할 수 있게 되자마자 얼른 집에 가고 싶어진다. 집에서 **텔레비전**☞으로 보아야 이 행사를 제대로 볼 수 있기 때문이다.

대사

한때 대사는 국왕을 외국에서 개인적으로 대리하는 사람이었고, 상당 정도로 국왕과 같은 명예를 요구할 권리가 있었다. 외국 수도에서 마치 국왕처럼 지냈고 그가 엄숙하게 도착할 때에는 국왕과 같은 호화로운 예식이 벌어졌다. 거주지는 왕궁이었다. 그러나 어마어마한 가계비는 자기 주머니에서 나가야 했다. 대사는 명예직이었으니까. 하지만 결코 단순한 대리인만은 아니었다. 뉴스가 전달되기 어렵던 그 시대에 대사는 경륜 있는 정치가여야 했다. 자기 나라의 이익을 위해서 무엇을 해야 하는지 종종 혼자서 결정해야 했기 때문이다.

요즘 사정은 어떤지 누구나 알고 있다. 나라 사이에 긴급 사안이 생기면 각국 정상들이 직접 전화로 통화한다. 그러다 보니 대사는 아무 쓸모가 없다. 대사관은 오늘날에는 무엇보다 호텔 역할을 한다. 온갖 사회집단의 대표들이 외국 수도를 방문할 때 대사관에서 잠을 자는 것이다. 대사는 예산이 빠듯하므로 이런 온갖 방문자들을 적당히 대접할 수밖에 없다. 그리고 온갖 사무 외에도(쓰나마나 한 보고서들을 써야 하고 인사 문제 결정에도 시간이 든다) 모든 아프리카 국가들의 국경일마다 무미건조한 **칵테일 파티**☞에 다 참석해야 한다. 외교적 위기 상황에 '적대국' 외무장관이 대사를 소환하여 대사가 하지도 않은 일에 대해 욕을 퍼부을 때면, 대사는 안도한다. 적어도 이런 생트집에 대응하기 위해서라도 대사가 필요한 셈이니까.

대학학업자 Studierende

언어 취향이 원래 그리 나쁘지 않은 어느 교수가 아주 익숙하게 '대학학업자'라고 줄곧 말하는 것을 최근에 들었다. 이제 저런 교양인도 세뇌가 되었다고 생각하니 마음이 무척 아팠다.

'대학학업자'는 아주 고약하고 빈약한 관료 용어이다. 그러나 이런 말들 중에서 제일 정신 나간 말은 '교육필요자'◆라는 말이다. 사람들이 흔히 한탄하는 직업교육 자리 부족은 어쩌면 이 끔찍한 단어에서 기인할지도 모른다. 이 단어에는 마이스터가 이런 사람을 자기 공장으로 데려오는 것은 미친 짓이라는 암시가 들어 있는 것

◆ Auszubildende. 기업이나 관공서에서 직업교육을 받는 견습생(Lerling)을 뜻하는 법률적 용어.

이다. 또 견습생이 마이스터에게서 교육받는 것이 너무 적다는 의심이 정당하다면, 수공업자 단체에서 견습생 졸업 요건을 강화하면 될 것이지, 여전히 교육이 필요하다는 암시를 담은 '교육필요자' 같은 신조어를 만들 필요는 없다. '견습생'을 '교육필요자'라고 부를 거면, '애인Liebling'도 차라리 '동침필요자Beizuschlafende'로 부르자.

(도덕적) 의분

내각Kabinett은 원래 작은 별실을 뜻한다. 국왕의 침실 뒤에 있는 별실은 한때 왕국 전체에서 가장 은밀한 곳이었다. 국왕이 자문을 청한 소수를 제외하고는 아무도 거기 들어갈 수 없었다. 특히 한 나라의 외교정책은 일반인 눈으로는 들여다볼 수 없었다.

이런 방식의 장단점은 널리 알려져 있다. 그 정반대 상황의 장단점을 살펴보자. 민주주의 국가에서 외교정책은 기본적으로 동시에 국내 정치이기도 하다. 그래서 감정적 측면이 강하다. 한 국가가 외교에서 어떤 조치를 취하려면 국내에서 그에 맞는 분위기를 만들어야 한다.

평판이 좋지 않은 저 내각 정치에 있어서 영국의 오랜 강령은 이렇다. '영국에게는 친구도 적도 없다. 국익이 있을 뿐이다.' 이런 문장은 아주 정확한 것이지만, 민주주의에서는 공공연하게 드러내놓고 말하기 어렵다. 민주주의에서 공적으로 말할 수 있는 것은 사랑,

우정, 증오, 적대감, 복수 등의 감정들이다. 터키의 EU 가입을 반대하는 사람은 터키 남자가 아내를 구타한다고 말한다. 그리고 찬성하는 사람은 터키인들을 '실망'시켜서는 안 된다고 말한다. 또 미국과의 동맹에 있어서도 구체적인 의무보다는 단지 미국과의 '우정'에 대해 이야기한다.

이미 오래전부터 정치인들은 더 이상 감히 독일의 국익을 주장하지 못한다. 이런 표현은 과거의 제국주의 정책처럼 들리기 때문에 도덕적 의분을 불러일으키는 것이다. 그런데도 이에 대해 자세히 알고 싶다면 독일의 이웃이나 적에게 문의하면 된다. 그들은 독일의 국익이 무엇인지 잘 알고 있다.

독일의 자기혐오

다른 문화에 매우 개방적인 어느 프랑스 사람이 내게 이렇게 말했다. "해외여행에서 돌아온 후에 외국에서 제일 좋았던 것이 무엇이고, 프랑스에서 제일 싫은 것이 무엇인지를 곰곰이 생각해 보면, 대개는 프랑스에서 제일 싫은 것이라도 외국에서 제일 좋았던 것보다는 좋게 느껴집니다."

독일에서는 아무리 국수주의자라도 이런 식으로 독일에 대해 말할 사람은 단 한 명도 없을 것이다.

또 다른 의견

우리의 토론 기술은 아주 발전했다. 우리는 갈등을 피하려 하지도 않지만 그렇다고 공격적이지도 않다. 우리는 스피치 학원에서 한 가지 의견과 그 정반대 의견을 똑같이 지지하면서 설득력 있게 내세우는 법을 훈련한다. 그러면서 아주 **예의** ☞ 바르게 행동한다. 회사의 미팅이나 콘퍼런스에서는 때로는 분위기가 과열되지만, 우리는 승자도 없고 패자도 없도록 늘 주의한다. 의사결정은 마치 순수한 스포츠처럼 보여야 하는 것이다.

상대가 달변가라도 입을 다물 수밖에 없게 만드는 최고 기술들을 고대 소피스트들이 이미 개발했다. 하지만 우리 또한 현대의 사내 민주주의에서 새로운 것을 착안해 냈다. 우리가 반박할 수는 없으나 그렇다고 좋아하지도 않는 어떤 논리를 물리치기 위해서 가장 효과적인 수단이다. 그것은 특별히 멋지지는 않고 심지어 보잘것없기까지 하다. 하지만 거의 언제나 효과가 있다.

우리의 논적은 입이 닳도록 이야기를 했다. 이를 위해 대비를 아주 잘 해 왔다. 수치들도 다 준비했고 관련 서류들도 모조리 검토를 마쳤다. 한마디로 그를 반박할 방도가 없다. 그의 논리에는 허점이 없다. 그는 말을 마치면서 의기양양하게 우리를 바라본다. 그렇다면 우리가 느끼는 바를 어떻게 말해야 할까? "당신 프로젝트에 관심이 없습니다!" "당신을 좋아하지 않으니 지원하지도 않겠습니다!" "이 일은 어쩐지 꺼림칙하네요!" 이렇게 말해야 할까?

더 나은 방식이 있다.

"당신 제안은 환상적입니다"라고 말한다. "그러면 찬성하신다는 말씀입니까?" "원칙적으로는 당연히 찬성하지요! 다만 또 다른 의견♦을 듣고 싶군요."

이제 그 사람은 끝났다. 그도 그걸 안다. 방금 전까지 그렇게 술술 말을 하던 그에게 아무 생각도 떠오르지 않는다. 또 다른 의견보다 더 합리적이고 더 민주적이고 더 공정한 것이 대체 무엇이 있을 수 있단 말인가?

♦ '또 다른 의견'은 원래 다른 의사의 재검 혹은 2차 소견을 뜻하는 말.

라

라바 램프

1970년대에는 **앤디 워홀 초상화**☞를 살 돈이 없는 사람은 라바 램프◆
를 샀다. 1990년대에 다시 한 번 잠깐 솟아올라서 의미 없이 부글거
렸다. 두 번째 르네상스는 다시는 없었으면 하는 마음이다.

레 머스트■

광고 문구의 대혁명이다. 십계명은 단지 '… 할지어다' 혹은 '…하

◆ 투명 용기 안에 용암처럼 흐르는 물질의 움직임이 시각적 즐거움을 주는 장식용 램프.
■ Les Musts. 필수 아이템이라는 뜻으로 카르티에에서 만든 신조어.

지 말지어다'라고만 말한다. 하지만 이제 '…은 꼭 가져야 한다'라고 고조되었다.

레 머스트 상품을 사려면 돈이 있어야 하고 그것도 아주 많아야 한다. 그리고 부자 고객들은 자기들이 무엇을 사야 하는지 노골적으로 말해 주면 아주 좋아한다. 이들은 인생이 만만하지 않다는 걸 잘 아는 사람들이다. 공짜는 없다는 걸 배웠기 때문이다. 무수한 장애를 하나하나 이겨냈다. 꼭 닫힌 수많은 문들이 그들 앞에서 하나씩 열렸다. 그들이 가려는 방향은 언제나 확고하다. 그들은 위로 가고자 한다. 그러나 자신들이 **신분상승**☞을 이루었음을 어떻게 해야 과시할 수 있을까? 갑자기 어떤 이정표나 정찰대가 필요해진다. 값비싼 물건을 산더미 같이 소유하는 게 중요한 것이 아니기 때문이다. 오직 자신들에게만 속한다는 것을 알려주는 징표를 가진 제대로 된 물건들이 아니라면 아무 소용이 없다. 바로 이때 레 머스트 컬렉션이 때맞춰 등장했다.

레 머스트 상품을 처음 사는 사람들은 지금은 잘 모르더라도 어느 정도 지능이 있다면 금세 알게 될 것이다. 레 머스트 자동차를 사용하는 것보다 그것을 선물하는 것이 훨씬 중요하다. 그것은 부자들에게도 호감을 줄 것이기 때문이다.

(레스토랑 식탁의) 촛불

우리 시대의 독특한 현상이다. 불빛으로 온갖 분위기를 내는 기술과 도구들을 가지고 있으면서도, 사람을 아름답게 보이게 하고 공간을 은은하게 비추는 다정한 조명은 거의 만들지 못하는 것이다. 레스토랑에게는 치명적인 일이다. 왜냐하면 쾌적하고 안락한 빛이야말로 절반의 성공이나 마찬가지니까. 그래서 전등을 가능한 한 적게 켠다. 하지만 레스토랑은 암실이 아니다. 기껏해야 암실의 전 단계 정도나 될까.

조명이 서투르고 인테리어는 악취미인 공간이라면 촛불 몇 개만 켜주어도 벌써 훨씬 나아진다는 것은 맞는 말이다. 촛불이 비치면 크리스마스 분위기와 데이트의 로맨틱한 느낌이 퍼진다. 그래서 레스토랑 종업원은 손님에게 묻지도 않고 식탁의 초에 불을 붙이는 것으로 친절을 대신한다. 아래로부터 얼굴에 빛을 받는 연인을 멀리서 보면 라투르가 그린 그림처럼 보인다. 하지만 그 사람들 자신에게는 깜빡이는 불빛이 상당히 성가시다. 촛불은 눈이 부시고 자꾸 신경이 쓰인다. 그리고 잔이나 병이나 꽃병을 비롯해서 식탁 위에 있는 모든 것을 불꽃으로부터 자꾸 치워야 한다.

촛불을 어떻게 이용해야 하는지는 성경에 이미 나와 있다. 촛불을 됫박으로 덮어 두면 안 되고 촛대에 얹어야 한다는 것이다. 그리고 촛대는 높아야 한다. 촛불이 눈높이보다 훨씬 위에서 타올라야 성가시지 않다. 하지만 술집마다 있는 나뭇가지 장식의 커다란

촛대들은 너무 요란해서 우스꽝스럽기만 하다. **캔들라이트 디너**☞를
하는 것처럼 보이기 때문이다. 그래서 촛불에 대해서는 제일 간단
한 해법을 권고한다. 치워 버리자.

레크리에이션 진행자Animateur

아니마는 본래 영혼을 뜻한다.◆ 영혼을 불어넣는 최고의 존재는 바
로 신이다. 그러나 신에 대해서는 말하지 않겠다. 여기에서는 클럽
메드 같은 휴양지 별장이나 유람선에서 관광객들을 심심하지 않게
하고 어떤 식으로든 '영혼'을 불어넣는 관광업계 종사자에 대해서
만 말하고자 한다. 그러니까 이는 근대에 나타난 현상이다. 물론 내
추측으로는 이런 직업이 생겨난 배경에는 영국 상류층이 주말에 손
님을 초대하여 호화롭게 대접하던 풍습이 있다.

영국에서는 손님 접대를 이상하게도 엔터테인먼트entertainment라
고 부른다. 이것만 보아도 손님 접대가 손님과 그냥 같이 있는 것
으로 끝나서는 안 된다는 것을 알 수 있다. 여기에서 레크리에이
션 진행자와 같은 역할을 하는 것은 그 집의 주부인 경우가 많았는
데, 그녀는 '눈부신 안주인'의 명성을 얻고자 했다. 아직까지도 영
국 시골의 커다란 농장에는 주말이면 20~30명의 손님들이 모여

◆ 레크리에이션 진행자를 뜻하는 독일어 '아니마퇴어(Animateur)'는 '영혼 혹은 활기(anima)를 불어넣
는 사람'이라는 어원에서 나왔다.

부산을 떤다. 아무것도 안 하고 거기 있거나 산책을 하거나 서재를 둘러보거나 다른 손님들과 담소하거나 낮잠을 즐기는 일 등으로는 부족하다. 파티에 활기를 돋우기 위해 to enliven the party 무슨 일이든 일어나야 한다. 잔디에서 크로켓 놀이를 하거나 카드놀이 대화를 열거나 클레이 사격을 하거나 승마를 해야 한다. 그렇지 않으면 휴식과 평온의 순간이 찾아오는데 그런 순간에는 쓸데없는 생각이 많아질 것이기 때문이다.

이런 에드워드풍*의 농가 모델이 이제 민주화되어서 레크리에이션 진행자가 나타났다. 그러나 상황 자체는 변한 것이 없다. 클럽 메드나 유람선 관광객들은 영국 농장의 손님들과 사회적으로 보아 비슷한 부류이다. 이 관광객들 대다수는 낯선 사람과 어울리는 데 있어 영국 귀족들보다는 조금 미숙하기는 하지만, 바로 그래서 도움이 제공되는 것이다. 레크리에이션 진행자의 주도 아래 비치발리볼 몇 판을 하고 나면 두이스부르크에서 온 사람들이나 뮌헨에서 온 사람들이나 모두 한가족이 된다.

레크리에이션 진행자는 젊고 탄력이 넘치는 사람들인데, 무엇보다도 친절하고 단순하다. 이것이 쉽게 가까이 하지 못하는 영국의 안주인과 다른 점이다. 그렇지만 단순하고 친절한 레크리에이션 진행자건, 교양 있고 접근하기 어려운 안주인이건 간에, 나는 그런 사람들의 지시에 따라 껑충껑충 뛰어다니고 싶은 마음은 전혀 없다.

◆ 대영제국의 황금기라 불린 빅토리아 여왕의 뒤를 이은 에드워드 7세 재임기의 화려한 문화를 뜻한다.

로또

얼마 전 아내가 로또를 사자고 주장했다. 잭팟에 2,500만 유로가 쌓여 있다는 것이다. 나는 (헛되이) 아내를 말렸다. 아무리 생각해 봐도 2,500만 유로가 생기면 무얼 해야 할지 모르겠기 때문이었다. 이 정도 돈으로는 예를 들어 피카소의 〈파이프를 든 소년〉을 살 수도 없고, 로만 아브라모비치가 살고 있다는 런던 이튼스퀘어에 집 한 채를 장만할 수도 없다.

　재산이 2,500만 유로 정도면 평균적 부자라고 하겠다. 타트야나 그젤 같은 가난한 부자와 아브라모비치 같은 진짜 부자 사이에 끼어 있다고나 할까. 그래도 이 정도 돈이면 프랑크푸르트에서 뉴질랜드 오클랜드로 가는 일등석 항공권을 사고 이 여행에 친구 2,350명을 초대할 수 있다. 아니면 벨루가 캐비어를 5톤 살 수 있다. 문제는 내 친구가 2,350명이 안 되고 오클랜드는 가고 싶은 곳이 정말 아니라는 점이다. 그리고 현재로서는 우리 집 냉장고에 캐비어 5톤을 넣을 공간이 없다는 점이다. 내 딸들이 먹는 어린이 요구르트 5톤으로 꽉 차 있어서. 그래도 한 번쯤 고려해 볼 만한 것은 프로축구 선수를 고용해서 **하얀 턱시도**☞를 입히고 흰 장갑을 끼운 다음에 **집사**☞ 일을 배우게 하는 것이다.

롤스로이스

1980년대에 갈렌 백작의 SMH 은행이 세상을 떠들썩하게 하며 도산했을 때, 그 피해를 입지 않은 소수의 독일 은행들 가운데 하나가 코머츠방크였다. 오랫동안 코머츠방크의 중역을 역임한 파울 리히텐베르크는 그 이유를 아주 간단하게 설명했다. "나는 시내에서 롤스로이스를 타고 다니는 사람에게는 절대로 돈을 빌려주지 않습니다."

마

마르베야Marbella

과거에 상류 계층이 모여 놀던 장소들 중에서 맨 먼저 앞장서서 일관성 있게 상스러워지는 길을 걸은 곳은 마르베야이다. 심지어 1980년대만 해도 멸시받았던 부유한 아랍인들마저 이제 그곳을 등지고 있다. 그동안에 생모리츠나 생트로페 같은 곳들도 마르베야의 뒤를 바짝 쫓았다. 이런저런 비슷한 장소에서 아직도 우아한 것이 남아 있다면, 그것은 오로지 웨이터와 종업원들이다.

매니큐어

황제가 다스리던 중국에서는 자기가 손을 써서 노동하는 사람이 아
니라는 걸 보여주기 위해 손톱을 길게 길렀다고 한다. 요즘 여성들
은 그렇게는 하지 않고 그 대신 손톱에 칠을 한다. 가장 길고 빨간
손톱을 가진 사람들은 축구선수 부인들이다. 남편 연봉이 높을수
록, 그 아내들은 자기들이 손으로 해야 하는 일이라고는 전화 수화
기 드는 일과 신용카드 긁는 일밖에 없음을 온 세상에 보여주는 게
의무라고 여기게 된다. 하지만 누군가 그들에게 말해 줄 순 없을까?
빨간색은 원래 위험과 독성을 나타내는 색이라는 사실을. 그리고
은은한 오팔색의 매끄러운 손톱보다 더 아름다운 것은 어디에도 없
다는 사실을.

면세

여행에서 제일 좋은 것은 예전에는 밀반입이었다. 그 당시에 EU 국
가들 사이에는 제대로 된 국경이 있었고 정부는 이 국경을 지키고
자 했다. 그때만 해도 '시장의 보이지 않는 손'을 잘 관리해야 한다
고 믿었으니까. 그러나 이제 우리는 이 보이지 않는 손이 눈이 멀었
음을 잘 알고 있다. 이 손은 민족적 특징이나 문화적 특징 따위에는
흥미가 전혀 없고, 새롭고 값싸 보이는 것이라면 무엇이나 움켜쥐

려고 한다.

(공포영화 제목으로도 모자람이 없는) '보이지 않는 손의 광란'을 살펴보기에 좋은 장소는 공항의 이른바 면세점이다. '이른바'라고 말한 이유는 관세가 진정 면제되었다고는 말할 수 없기 때문이다. 그저 우리는 마치 이 상점들이, 한때 많은 한자도시들Hansestädte의 역사적 명성을 드높여 준 저 유명한 자유항들처럼 일종의 무주공산에 있는 것인 양 상상할 뿐이다. 면세점에서 우리는 비행기를 정말로 타려는 참이라는 걸 증명하기 위해 탑승권까지 제시해야 한다. (비행기 타는 게 아니라면 대체 왜 여기 와 있단 말인가?) 그러면 위스키 한 병을 살 수 있는데, 사실 자기 동네 대형마트에서 더 싸게 살 수 있는 것들이다. 그럼에도 불구하고 여행을 하면서 정말로 국경을 넘는다는, 그리고 가격이 다른 낯선 경제체제로 들어간다는 예전의 매력이 여전히 작동하는 듯하다. 수많은 대량생산 사치품들은 면세점에서 마구 팔아치울 수 없다면 정말로 생존이 위태로울 것 같다. 하찮은 물건들을 면세로 살 수 있다는 것은 게으름뱅이 천국이라는 인류의 오랜 숙원에 가장 근접한 것 같다.

무도회 보도기사

독일의 우파영화사Ufa-Film에서 1939년 내놓은 어느 유명한 영화의 제목은 〈매혹적인 무도회의 밤〉이다. 차라 레안더*는 이 영화에서 담비털 망토를 입고 말이 끄는 썰매를 타고 가면서 '사랑 때문에 울지 말아요'를 부른다. 이런 영화가 나오는 나라에 기대할 것은 없다고 앙드레 지드는 언젠가 말한 적이 있다.

매혹적인 무도회의 밤이라는 것은 전설일 뿐이다. 이 전설은 기본적으로 늘 치명적이었다. 그 전설은 무도회에 대한 보도에서 생겨났는데, 이런 보도는 신문 문화부 기자들이 하는 일 중에서 제일 따분한 일이다. 그리고 이런 보도의 목적은 이런 행사, 그러니까 연방언론인 무도회, 체육인 무도회, 빈 오페라 무도회 등등을 전 사회적 사건으로 과장하는 것인데, 이런 행사들은 사실 단 한 번도 전 사회적 사건인 적도 없고 그럴 수도 없는 것이다. 무도회 보도를 통해서 대중들에게 무도회에 대한 키치적 관념들이 생겨났는데, 이에 대해 폴란드 작가 비톨트 곰브로비치[■]가 핵심을 찔렀다. 그가 쓴 오페레타에서 합창단은 "그래, 이게 바로 무도회야, 이런 무도회, 이런 무도회, 그래, 이게 바로 무도회야, 이런 무도회"라고 노래한다. 그렇다. 무언가 향기가 있어야 한다. 형용할 수 없는 어떤 것, 그리고 달콤한 약속이… 이렇게 무도회에 대한 보도는 열광에 빠져든다.

하지만 진실은 무도회에서는 보도할 만한 일이 전혀 일어나지 않는다는 것이다. 무지무지 창피한 일들이 가끔 일어나는 것을 제외하면. '무도회의 속삭임'조차도 이런 화려한 장식을 한 공허한 행사에서는 일어날 수 없다. 그 대신에 이렇게 말한다. "피셔 외무

◆ Zarah Leander, 스웨덴의 배우이자 가수.
■ Witold Gombrowicz, 폴란드의 전위적인 유대계 소설가이자 극작가.

장관이 흑발 미녀와 춤을 췄다." 그리고 턱시도가 터질 것 같은 몸매의 이 아이돌급 정치인이 당황해서 억지웃음을 짓는 사진 한 장이 있다. 아니면 "자비네 크리스티안젠◆과 우도 발츠■는 쉬지 않고 춤을 추었다"라는 기사를 쓴다. 이런 무도회 기사를 쓰는 기자들에게 그림동화《백설공주》의 사악한 왕비가 신고 춤을 추어야 했던 저 뜨겁게 달궈진 무쇠 신발을 신겨 주고 싶어지지 않는가? .

문명

폴란드 작가 가브리엘 라우프는 명언을 남겼다. "문명이 뜻하는 것은 에스키모들이 따뜻한 집을 얻은 다음에 냉장고 살 돈을 벌기 위해 일해야 하는 것이다."

　문화와 문명이 꼭 필요한지에 대한 의문은 오래된 것이다. 물론 '고귀한 야만인'이라는 루소 이론은 이제는 대부분 환상임이 드러났지만(문명화되지 않은 사람은 사실 우리가 즐겨 상상하는 만큼 고귀하지는 않았다), 그럼에도 불구하고 오늘날까지도 상당한 매력을 풍기고 있다. 〈부시맨〉 같은 멋진 영화를 생각해 보라. 마크 트웨인은 문명이 꼭 필요한가를 묻는 질문에 정곡을 찌르는 한마디를 남겼다. "문명은 불필요한 필요들을 끊임없이 늘리는 것이다." 이 말

◆ Sabine Christiansen, 독일의 유명 방송인.
■ Udo Walz, 대중매체 출연으로 유명해진 독일의 미용사.

하나면 충분하다.

문장 紋章

누구든지 자기 가문을 위해 문장을 도안할 수 있다. 물론 제일 좋은 모티프들은 다른 사람들이 이미 다 차지했다. 문장학에서는 단순한 것을 아름답다고 본다. 세계에서 가장 오랜 국기인 덴마크의 다네브로그가 좋은 예이다. 8백 년 전에야 다른 것들과 혼동되지 않는 문장을 디자인하는 것이 그리 어렵지 않았다. 가운데가 은색인 빨간 방패(합스부르크)나 꼭짓점이 맞붙은 검은 사각형 두 개가 그려진 은색 방패(호엔촐레른)면 충분했다. 그 정도면 한 가문의 로고가 완성되는 것이다. 그러나 이제 진짜 참신한 문장을 디자인하려면 (호두 껍데기나 생선 등등) 온갖 장식을 사용해야 한다. 가령 전 외무장관 요슈카 피셔가 1999년 선택한 문장의 하단에는 빨간 바탕에 은색 물고기가 그려져 있고 상단에는 검은 손잡이의 빨간 도축용 도끼 두 개가 교차되어 있다.

  모차르트는 교황에게 받은 훈장에 의거해 '폰 모차르트 경'이라고 불릴 권리를 얻었다. 하지만 아우크스부르크의 어느 귀족이 그 양철로 된 별을 만진 후로 모차르트는 훈장을 구석으로 치워 버리고 다시는 착용하지 않았다. 수상한 문장들을 다루는 데는 이만큼 좋은 방식도 없다.

물방울받이

저 당당한 커피 상차림이 요즘에도 있는지 모르겠다. 그런 상차림은 후지산처럼 설탕 가루를 하얗게 뿌린 구겔후프 케이크와 후첸로이터 도자기로 만든 큼직한 커피 주전자를 갖추었다. 또 온갖 것을 다 꼼꼼하게 배려했음을 보여주기 위해 커피 주전자에는 물방울받이가 달려 있다. 주전자를 빙 둘러 묶은 고무줄에 조그만 스펀지가 달려 있는데, 이것은 주전자 주둥이 바로 밑에 자리한다. 스펀지는 파스텔 색조인데 주로 연한 파란색 아니면 분홍색이다. 커피를 부지런히 따르다 보면 이 스펀지는 점점 갈색 색조로 변한다. 스펀지가 머금은 커피는 잔에 따라지는 커피와 똑같지만, 그보다 훨씬 불쾌해 보인다.

물방울받이는 주전자 설계가 잘못되었음을 보여준다. 커피나 차를 담은 주전자 주둥이가 잘 만들어졌다면 커피 방울이 떨어지지도 않을 것이기 때문이다. 하지만 이런 쓸데없는 커피 방울들이 계속 떨어진다면 물방울받이를 쓰면 된다.

뮌헨

뮌헨을 시끌벅적하게 선전했고 그 때문에라도 당연히 불신을 불러일으켰던 소설가 토마스 만은 '뮌헨은 빛난다'라고 말한 적이 있다.

뮌헨이 불필요하다고? 당연히 아니다. 세상에 불필요한 도시란 없다. 그러나 뮌헨에 대한 열광만은 불필요하다. 이것은 이 도시에 대해 완전히 그릇된 이상을 퍼뜨리고 그래서 해악이 크다.

뮌헨이 '여가를 보내기 좋다'고 끊임없이 강조하는데 이것만 해도 벌써 의심스럽다. 오스트리아의 키츠뷔헬에 가깝고 이탈리아의 가르다제에 가깝다는 것이다. 뮌헨에서 잽싸게 빠져나올 수 있다는 점 때문에 뮌헨을 찬미하다니! 충분히 그럴 만한 이유가 있다. 이 거대한 '소도시'의 아름다운 점은 연극무대 배경 같은 두 개의 대로, 즉 루트비히 거리와 막시밀리안 거리에 있다. 눈이 휘둥그레지게 하는 의미들을 잔뜩 부여한 저 유명한 주택가 슈바빙은 실은 밋밋한 유겐트 풍의 건물들뿐이다. 창문은 조그맣고 벽은 속옷 색깔인 이 건물들은 작은 농가와 고아원을 뒤섞은 풍경이다. 이 도시에서 옛날에 지어진 구역들은 (독일의 다른 정말 오랜 도시들에 비교하면 아주 볼품없는 구시가를 제외하더라도) 제도판에서 설계되었다. 여기에서는 독일 북부에서 이주해 온 사람들이라도 이곳의 **코스튬 의상**☞을 입고 어슬렁거리면서 만족감을 만끽한다. 그들은 마침내 구멍가게 주인만 온전히 느끼는 쾌락에 동참할 수 있게 된 것이다. 그것은 바로 저 먼 일본에 이르기까지 전 세계에서, 참을 수 없는 존재의 가벼움이라고 찬미하는 쾌락이다.

미술협회

독일은 문화가 고도로 발달하고 예술을 사랑하는 나라이다. 전 세계가 그런 줄 안다. 방방곡곡에 현대미술관이나 미술협회가 있어서, 호화로운 전시실에서 소장품 전시회나 특별 전시회를 개최한다. 이런 곳을 하나하나 모두 방문하여 그 보물들을 감상하려면 몇 주일이 필요할 것이다. 하지만 다행히도 꼭 그럴 필요는 없으니, 전반적으로 보아 어디에서나 전시되는 것이 같기 때문이다. 바젤리츠, 뤼페르츠, 임멘도르프, 펭크, 케이트 해링, 게르하르트 리히터, 슈나벨, 키퍼와 같은 이름들이 그리 길지 않은 목록에 들어 있다. 이 방면에 대해 잘 아는 사람이라면 이 목록을 술술 외울 수 있을 지경이다.

　얼마나 기이한가! 이런 **순응주의**☞는 대체 어디에서 온 걸까? 전시실을 채우는 일은 대개 미술상과 개인 수집가의 도움으로 이루어진다. 이들의 취향이 모두 똑같단 말인가? 개인 수집가들로서는 조금 정신 나간 듯 보여도 좋을 것이다. 그러니까 미술 시장이 아직 발견하지 못한 구석을 킁킁 냄새 맡고 또 그 막대한 자금으로 자기 자신만의 장기를 계발해도 좋을 것이다. 왜 그들은 그렇게 길들여져 있을까? 왜 바이에른 왕자의 수집품이나 함부르크 부동산 업자의 수집품이 똑같아야 할까?

　미술 시장이 거대한 사업이 되었음은 누구나 안다. 하지만 이런 사업이 어떻게 움직이는지에 대해서 사람들은 놀랄 만큼 어둡다. 거물급 미술상들은 잠재적 개인 수집가들이 미술품을 외상으로 구입할 기회를 준다. 수집가들이 '제대로 된' 작품을 사기로 결정하면, 이걸 산 다음에 몇 년 동안 미술협회나 미술관에 대여하여 전시하게 한다. 이 좋은 작품이 대여 전시되고 나면 비로소 그 작품을 구입한 채무에 대해 소득공제를 할 수 있다. 대여 기간이 지나면 미술품은 미술관에 있었다는 이유만으로 고귀한 신분을 얻게 되고 그러면 다시 팔아치워 수익을 남길 수 있다. 이런 거래에서 손해를 보는 사람은 미술관 유지비를 대는 사람들, 그리고 미술품에 대한 소득공제로 인한 세금 손실을 감수해야 하는 사람들, 즉 납세자들뿐이다. 그러나 그 말인즉슨 손해 보는 사람은 아무도 없다는 말이다. 설마 여러분 중에 세금을 내고 있는 사람은 없겠지.

(민중과 가까운) 왕들

왕실은 20세기에 커다란 변화를 겪었다. 아직 국왕이 국가권력을 장악하고 있는 소수 국가에서 왕실은 오늘날 경찰, 군대, 검열기관을 장악하고 휘두르는 현대의 독재자들처럼 통치하고 있다. 하지만 언제라도 도망갈 수 있도록 싸놓은 짐 위에, 마치 옥좌인 양 앉아 있는 것이다. 이에 비해, 고상한 말로 '군림하지만 통치하지 않는' 왕들의 옥좌는 19세기 초 빈 회의 이래로 가장 안정적이다.
　왕정과 민주주의는 유럽과 일본에서는 완벽한 균형을 이루었다.

그리고 그 나라 시민들은 왕실이 자신들을 대표하는 것에 꽤 만족해한다. 현대의 군주들이 지닌 의무는 겸허해야 한다는 것과 (매우 축소된 규모이더라도) 가끔 호사스런 의식을 거행하는 데 만족해야 한다는 것이다. 왕실 상징인 사자, 독수리, 그리핀◆, 유니콘 등에는 이제 자연의 천적은 없다. 그래서 왕실은 새로운 최후의 위협에 직면해 있다. 즉, 그들은 오로지 스스로만이 자신을 파괴할 수 있다. 하지만 왕실을 위협하는 것은 그들이 가끔 벌이는 방종이 아니다. 방종이야 진짜 국왕이라면 마땅히 해야 하는 일이기 때문이다.

그들에게 훨씬 위협적인 것은 지나치게 민중에게 친근하게 구는 유럽 왕실 사람들이다. 그들은 '평범하게' 보이려고 안간힘을 쓴다. 인터뷰에서 자기의 요리 습관에 대해 이야기하고, 운전기사가 모는 차를 타지 않고 보란 듯이 자전거를 타고, 텔레비전 진행자와 **서로 말 놓기** ☞를 한다. 물론 선의에서 그러는 것이고 '튀어' 보이지 않으려는 것이다. 하지만 튀어 보이는 것이야말로 역사가 부여한 그들의 역할이다. 어쩌면 왕에게 유일한 진짜 사명은 튀게 보이는 것, 일상의 평범함에서 벗어나 있는 것이다. 이런 역할을 못 한다면, 불필요해지는 것이다.

◆ 독수리 머리와 날개, 사자 몸을 한, 그리스 신화의 괴수.

밍크코트

사납고 몸집이 크고 화려한 이 쥐의 털이 곤두선 가죽은 그 자체로 보면 매우 아름답다. 그렇다면 밍크코트가 거의 언제나 창피한 느낌을 주는 이유는 무엇일까? 더 이상 추위를 피하기 위해 밍크코트가 필요하지 않기 때문에? 그도 그럴 것이 밍크코트 입은 여자들은 썰매를 타는 것이 아니라 난방이 후끈하게 잘 되는 리무진을 타니까. 아니면, 밍크코트를 입은 사람은 대개 아름답고 젊은 여자가 아니라 생모리츠 쇼핑몰에 나온 성형수술이 과한 러시아 여자들(**성형수술**☞)이라서?

특이하게도 밍크코트에 반대하는 호전적 행동도 거의 밍크코트를 입는 것만큼이나 창피하다. 예컨대 급진적 동물보호단체인 PETA를 지원하는 몇몇 슈퍼모델들도 패션쇼에서 모피 입는 걸 거부하고 어마어마한 보수를 포기할 정도의 일관성을 보여주지는 못한다. 내 생각에, 우리가 그럴 힘이 있는데도 전 세계의 기아 문제를 아직 해결하지 못하고 있는 한, 밍크나 거위에 대한 학대를 반대하는 데 에너지를 쏟는 것은 우선순위를 다소 잘못 두고 있는 것 같다.

PETA 활동가를 만난 적이 있는데, 그 사람은 동물이 인간과 동등한 권리를 가진다고 주장했다. 그렇다면 밀림의 사자가 영양을 물어뜯는다면 재판을 해야 할까? 엄밀히 말하면 그래야 한다고 그 사람은 말했다. 그런 사람들을 약 올리기 위해서라도 나는 밍크코트를 널리 선전하고 싶다. 그것이 그렇게 창피하지만 않다면.

바

바닷가재

미국 메인 주의 바닷가재는 물론 아주 맛있는 동물이지만 아주 멜랑콜리한 동물이기도 하다. 사람에게 잡히면 너무 슬퍼하는 것이다. 그래서 메인 바닷가재는 유럽으로 운송될 때면 절망과 반항심에 아무것도 먹지 않는다. "너희들이 나를 먹는다면, 적어도 많이 먹지는 못하게 하겠다"는 것이다. 그 결과 바닷가재는 대개는 오그라들고 비쩍 마른 채로 유럽에 도착한다. 전문가라면 그 고기에서 이 동물의 우울함을 맛볼 수 있다. 그래서 메인 바닷가재는 사실 메인에서만 먹는 것이 좋다. 어쩌면 매사추세츠 정도에서 먹는 것은 괜찮겠다. 하지만 독일에서 먹는 것은 정말 아니다.

반려 관계

반려자를 뜻하는 영어의 partner와 프랑스어의 partenaire는 (이 두 단어에 공통된 part라는 부분으로 미루어 짐작할 수 있듯이) 원래 나누는 사람(주주)을 뜻한다. 나누는 사람(주주)이란, 법률적 형식이야 어떻든 간에 어떤 하나의 사업(의 지분)을 나누어 가지는 사람이다. 하지만 이러한 나눔은 상법과는 완전히 다른 분야로 확장되어 사용된다. 이제 사람들은 자기와 더불어 사는 사람에 대해 거리낌 없이 '나의 반려자'라고 말한다. 그들은 서로 공감하는 관계, 아니 최소한 공정한 관계를 갖기를 바라며 반려자를 찾아 나선다. 그런 사람을 찾았는데 그 후에 **관계 위기**☞가 시작되면 '반려 관계 문제들'에 대해 불평한다. 그 반려자가 자기를 충분히 존중하지 않는다는 식으로 불평하는 것이다.

이런 사람들 머릿속에서는 어떤 일이 일어나는 것일까? 사람들은 혼인이 두 가족 간의 경제적 결합이었던 시대, 그래서 성실은 중요하지만 정절은 그보다 덜 중요하고 사랑은 전혀 중요하지 않았던 (지구의 많은 곳에서는 아직도 지나가지 않은) 시대를 욕한다. 이들은 자신의 사랑이 자유롭다고 찬미한다. 그리고는 사랑으로 맺어진 관계에 대해서 마치 주식회사를 바라보듯이 말한다. 사업 목표는 질서정연한 성적 만족이며, 반려자들은 서로 합의한 공동의 이해관계 속에서 가능한 한 최대의 성적 만족을 위해 노력해야 한다는 것이다.

반려 관계에 대한 이런 관념의 배경에 무엇이 있는지 떠올려 볼 수 있다. 남자를 가장으로 보고 여자는 순종해야 한다고 보았던 전통적 혼인 관계는 여기서는 고려할 가치도 없다. 서로 동등한 두 사람이 마침내 서로의 **눈높이**☞에 선다. 바로 동등한 권리와 의무를 지닌 반려자여야 한다. 그 자체로는 훌륭한 관념이지만, 사랑과 같이 까다로운 일을 비즈니스의 길로 끌고 나가려는 시도는 아무리 늦어도 한 사람이 결별을 고한 후에는 잘못이었다는 것이 드러난다. 그리고 결별을 고하는 데에는 해약 고지 기간도 없다.

배경음악

유서 깊은 궁성들의 거대한 홀에는 축제 때 관현악단이 앉는 조그만 발코니가 있다. 타펠무지크◆가 식사를 위해 반주한다. 이런 음악은 야심적인 작곡은 아니다. 밥을 먹으면서 이런 음악을 들을 필요는 없지만, 이런 음악은 줄곧 지껄이는 잡담을 엄숙하게 조직된 소음으로 만든다.

엄숙하거나 유쾌한 행사를 배경음악으로 정말로 멋지게 만들려는 관습은 오래되었다. 온갖 것을 다 장식했으니 이제 소음도 꾸며야 할 것이다. 20세기에 이르러 이런 유의 배경음악에 바에서의 피

◆ 식사 때 옆에서 연주하는 음악.

아노 연주가 추가되었다. 은은하고 세련된 재즈가 대화의 수준을 높인다.

그래서 배경음악 옹호자들은 이런 식으로 말한다. 공항이건, 백화점 엘리베이터이건, 호화 스위트룸의 화장실이건, 우리가 어디에서나 만나는 이런 배경음악이 무엇이 잘못되었단 말인가? 커다란 외양간에서 사는 소들에게 음악을 들려 주면 우유를 더 많이 생산한다는 주장도 있다. 호텔이나 레스토랑의 숨겨진 스피커에서 음악이라는 소스가 우리에게 뚝뚝 떨어지면 우리는 더 많이 주문할지도 모른다. 그러니까 우리에게서 우유를 더 많이 짜낼 수 있을지도 모른다. 하지만 우리가 소 취급을 받는다는 게 그렇게 거슬리는가? 우리가 거기 맞춰서 춤을 출 수도 없는데 댄스뮤직을 끊임없이 들어야 하는 일이, 아니면 껌☞을 조심스레 씹는 소리처럼 들리게 편곡한 모차르트 관현악을 끊임없이 들어야 한다고 해서 무엇이 그리 괴로운가?

하지만 배경음악 옹호자들도 때로는 어딜 가도 음악이 들려서 음악이 지긋지긋해지기도 하는 것 같다. 지저귀는 새 소리나 개울이 졸졸 흐르는 소리보다 아름다운 음악이 어디 있겠는가? 이런 소리들을 또 스피커로 듣는 것만 아니라면!

백화점

그럭저럭 봐줄 만한 백화점은 오직 책에만 존재한다. 예를 들어 에밀 졸라가 묘사한《여인들의 행복 백화점》의 백화점이 그런 경우이다. 1883년 출간된 동명의 책을 읽은 사람은 그 순간부터 실제로 존재하는 모든 백화점을 오직 경멸할 수밖에 없을 것이다.

밸런타인데이

성 발렌티노는 신앙을 지키기 위해 순교한 주교였다. 게르만 민족의 신앙인들은 그를 간질 환자의 수호성인으로 정했다. 그의 로마식 이름을 독일식으로 발음한 '팔렌티노'가 '넘어지다'라는 의미의 독일어 단어 팔렌fallen과 비슷했고, 당시에는 간질 환자를 '습관적으로 넘어지는 자Fallsüchtige'라고 불렀기 때문이다.

2월 14일이 성 발렌티노 축일이 된 것은 이제 가톨릭 신자가 아니라도, 그리고 성인 숭배를 끔찍하게 여기는 사람이라도 다 안다. 영국과 북미에서 (종교개혁을 통해 성인숭배가 철폐된 지 오랜 시간이 흐른 뒤에도) 이 초기 기독교 시대의 주교를 연인들의 수호성인으로 삼았고 서로에게 '사랑의' 선물을 주는 관습이 정착되었기 때문이다. 특히 하트 모양이 빠질 수 없다. 카드에 그린 하트, 꽃다발에 숨긴 하트, 초콜릿으로 만든 하트 등등.

발렌티노가 간질 환자의 수호성인이었다는 사실로 미루어 볼 때, 연인들의 수호성인으로 그를 선택한 것은 절묘하다. 벼락 맞은 듯 눈앞이 흐려지고 발작적 광란이 일어나다가 흙바닥에 쓰러지고, 깨어난 후에도 숙취 같은 여파가 남는 등 여러 면에서, 사랑은 정말로 간질과 공통점이 많다. 그리고 발작이 미리 정해 둔 일정에 따라 일어나지 않는다는 점도 같다.

(버릇없는) 애완동물

독일에서 제일 부자 중 한 사람은 아내와 함께 아름다운 빌라에서 산다. 빌라에서는 생 트로페 만의 그림 같은 풍경을 즐길 수 있다. 하지만 애석하게도 자식이 없어서 하얗고 작은 테리어에게 사랑을 퍼붓는다. 푀피라는 이름의 이 개는 끊임없이 짖어 댄다. 정말 노이로제에 걸린 것 같은 참아 주기 힘든 개이다. 거실에는 이 개를 위해 특별히 맞춘, 옥좌처럼 생긴 침대가 있다. 이 거실에는 또한 곳곳에 이 동물의 사진들이 은제 사진틀에 들어 있다. 푀피가 (에펠탑을 배경으로) 파리에서, (피사의 사탑을 배경으로) 피사에서, (산마르코 광장에서 비둘기를 쫓는 모습으로) 베니스에서 찍힌 사진들이다. 집주인과 친한 또 다른 억만장자는 점심을 먹으면서 이렇게 으스댔다. "런던-니스 항공편은 끔찍하지요. 그래서 우리 보모를 태워 오려고 최근에 개인비행기를 전세 내야 했어요." 그러자 집주인은 느긋하게 대답했다. "맞아요. 저도 최근에 개인비행기로 푀피를 동물병원에 데려갔거든요."

베를린 사교계

베를린에서 가장 시급한 문제 중 하나는 부자가 충분히 없다는 것이다. 빌레펠트 시의 중산층 거주지역이 베를린 광역권보다 백만장자가 더 많다. 물론 이제 베를린에 **호화 레스토랑**☞과 호화 부티크들은 독일 어느 도시보다도 많다. 하지만 대부분 파리만 날리고 있고 그래서 포템킨 마을◆의 무대 장치처럼 보일 뿐이다.

휘황찬란하고픈 갈망을 충족하기 위해서 때때로 약간의 도움이 필요하다. 그래서 무수한 **이벤트**☞가 벌어진다. 가령 매년 '차르 무도회'가 열리면, 베를린 명물인 카레소시지 가게 주인들은 저녁 내내 분장을 하고 달콤한 인생을 시뮬레이션한다. 주최 측은 이 행사가 진짜처럼 보이게 하려고 '러시아 과두정치가들'이 참석한다는 소식을 퍼뜨린다. 러시아 백만장자들이 어떻게 생겼는지 아는 사람이 거의 없기 때문에 러시아 출신의 택시기사 몇 사람을 고용하는 일은 식은 죽 먹기다. 그들 중 몇 사람에게 그럴듯한 옷을 입히고 다른 사람들은 경호원처럼 그 주변에 배치하며 이 사람들 모두

◆ 제정 러시아 시대에 외부 방문자들 대상의 선전용으로 만들어진 도시.

에게 말을 하지 말고 인상을 찡그리라고 시킨다.

베를린으로서 위안이 되는 것은 유명한 모델 타트야나 그젤^{Tatjana}
^{Gsell}이 이사 온 것이다. 그녀는 강도에게 살해당한 성형외과 의사
의 과부이자 그의 실험용 모르모트였다. 그녀는 순식간에 베를린
을 점령했고 진짜 호엔촐레른 가문의 왕자를 낚아챘다. 이로써 증
명된 사실은 이런 일이 일어나는 도시에는 이렇다 할 사교계가, 그
러니까 도시 분위기를 부드럽게 하고 살 만하게 만드는 사교계가,
굳이 말한다면 뒤셀도르프보다도 없다는 것이다.

벼락부자

라틴어에는 호모 노부스라는 개념이 있는데, 직역하면 새로운 사람
이라는 뜻이다. 우리가 요즘 벼락부자라고 부르는 사람들이 이에
해당된다. 그런 사람은 스스로를 오로지 자신의 '새로운' 재력으로
만 정의하고 따라서 이 새로운 재산을 드러내는 것들을 가지고 으
스대곤 한다. 겸손함과는 거리가 멀고, 심미안과도 마찬가지이다.
아메리칸 익스프레스 블랙카드를 받으려고 안간힘을 쓰지만 대개
는 실패한다. 이 뻔뻔스럽고 저돌적인 벼락부자들은 어려운 일을
그래도 한 가지는 이루어냈다. 그들에 대한 깊은 경멸이 절대 부유
층과 절대 빈곤층을 단결하게 만든 것이다.

벼락부자라는 종의 전형은《RTL 엑스클루시프》같은 통속잡지에

서 자기가 사는 방식을 전시하는 사람들이다. 예를 들어 인터넷으로 백만장자가 된 킴 슈미츠는 길쭉한 리무진에 탄 모습으로 사진 찍히기를 좋아했다. 감옥에 가기 전에 말이다. 또는 얼마 전에 작고 한 마요르카의 렌터카 황제 하소 쉬첸도르프도 그렇다. 이 벼락부자가 주로 거주하는 곳은 뒤셀도르프인데, 그곳은 온갖 치장을 한 터키색 포르쉐나 페라리 같은 빗나간 심미안도 '독창적'이라고 용인되는 독일 유일의 도시이다. **뮌헨**☞이라면 조롱거리가 될 일이다.

변호사 비용

티센 가문처럼 변호사들 주머니를 두둑하게 해준 사람들도 없을 것이다. 전 세계 변호사들이 이 가문을 위해 기념비를 세워 줄 만하다 미술수집가인 하인리히 티센Heinrich Thyssen은 다섯 번이나 결혼을 했기 때문에 이혼 전문 변호사들에게 준 수임료만 해도 변호사 몇 세대가 먹고살 만한 금액에 이른다.

이 한스 하인리히 남작('하이니', **별명**☞)은 1980년대 초 첫 번째 결혼에서 낳은 아들 게오르크 하인리히('하이니 주니어', **별명**☞)에게 전 세계에 지사를 둔 재벌 회사 경영권을 넘겨주었다. 1985년 그는 자기보다 스물두 살이나 어린 카르멘('티타', **별명**☞)과 결혼했다. 이 여자는 출신이 의심스럽고 또 그 전에 올드 샤터한트Old Shatterhand◆의 다섯 번째 부인이기도 했다. 티타는 늙어서 정신이 흐려진 남작에게 아들이 횡령을 저질렀다고 확신시켰다. 결국 그녀는 월스트리트저널을 이용해서 심지어 하이니 주니어가 하이니의 친아들이 아니라는 루머까지 퍼뜨렸다.

상당히 보기 흉한 분쟁이 여러 해 동안 벌어졌고 결국 이들은 하이니 주니어가 의붓어머니에게 매년 주는 돈을 몇백만 유로 더 올리는 데 합의했다. 하이니 시니어가 2002년 죽었을 때 이 가문은 에센 근교 란트스베르크 성 근처의 무덤 앞에 모여서 몇 시간 동안 이 모든 일이 마치 어리석은 오해에서 비롯한 것인 양 행동했다. 하지만 이 일은 1억 유로를 훌쩍 넘는 변호사 비용이 든 일이었다.

"부자에게 제일 위험한 자들은 의사와 변호사이다. 의사를 잘못 만나면 목숨을 잃고 변호사를 잘못 만나면 재산을 잃는다"라고 악셀 슈프링거▪는 말한 적이 있다. 그러나 서민들과는 달리 아주 부자인 사람들 자신이 변호사 비용이 끝없이 오르도록 행동한다.

별명

아침에 고속열차 ICE를 타고 출근하는 사람이 자기 친구 '개코'와 전화하면서 노닥거리는 걸 옆에서 듣는 일만 해도 끔찍하다. 하지만 정말 끔찍한 것은 어린 시절에 언었고 온 세상이 계속 그렇게 부

◆ 렉스 바커(Lex Barker), 미국 영화배우로 《아파치 최후의 전투》에서 올드 섀터한트 역을 맡았다.
▪ Axel Springer, 1912-1985, 독일의 신문발행인이자 출판업자.

르는 자기 별명은 이제 떨쳐 버릴 수 없다는 사실이다.

귀족과 상류층은 특히 그렇다. 벤츠 상속자 게르트-루돌프 플릭은 어른이 되어서도 '무크'라고 불리고, 프리드리히 크리스티안 플릭도 친구 모임이 아닌 곳에서도 '미크'라고 불린다. 레오폴트 폰 비스마르크는 '퐁'이라고 불리고 하인리히 티센은 사업상으로도 '하이니'라고 불린다. 세실리 추 잘름-라이퍼샤이트는 자신을 '킥'이라고 소개하고, 그의 친척인 메테르니히-잔도르 왕자는 대개 '봄스'이다.

나는 반평생 동안 '베포'라고 불렸다. 이 이름에서 벗어나려고 잘 알려진 기술을 썼다. 누나가 내게 개를 선물하자 나는 내 별명을 그 개에게 붙였다. 그 후로 대부분의 사람들은 나를 개 이름으로 부르지는 않을 만큼의 **예의**☞는 보여주었다.

별점

점성술은 아주 오래되었고 거대하고 무궁무진한 경험의 보고寶庫이다. 지난 수천 년 동안과는 달리 오늘날에는 점성술을 과학으로 치지 않는다. 하지만 바로크 시대까지 모든 점성술사는 천문학자이기도 했음을 잊어서는 안 된다.

별점을 치는 것은 복잡하다. 어떤 사람이 탄생했을 때 해가 어느 별자리에 있었는지('태양자리')를 아는 것만으로는 어림도 없다. 이

것은 기본적으로 너무 대강 아는 것이다. 아우구스티누스는 점성술을 반박할 수 있다고 생각했다. 같은 날 태어난 사람들 중 어떤 사람은 노예이고 어떤 사람은 왕이기 때문이다. 하지만 그는 왕이거나 노예이더라도 거기에는 무궁무진하게 다양한 방식이 있음을 (기독교인으로서는 놀랍게도) 잊어버린 듯하다. 임금과 같은 노예나 아주 노예 같은 왕이 늘 있었으니까.

　점성술에서는 실제로 태어난 시와 분, 그리고 장소가 중요하다. 잡지에 짤막한 멋진 별점을 쓰는 사람들이 이런 것들까지 일일이 고려할 수 없음은 당연하다. 그래서 신문에 나오는 별점은 진지한 점성술 입장에서 보면 사기나 마찬가지이다. 이런 것을 두고 별점의 신뢰성에 대해 비판하는 것은 옳지 않다. 그런 것은 별점도 아니니까. 이런 건 십자말풀이처럼 지면을 채우기 위한 것에 불과하다. 이런 별점이 아마 어렴풋이 예감하는 것이 있다면 인간이 미래를 좌우할 수 없다는 것이다. 그렇다면 이것도 아주 쓸데없는 것은 아니겠다.

보석

살바도르 달리의 말에 따르면, 보석을 지극히 업신여기는 능력을 가진 부인들만이 보석을 몸에 지닐 수 있다.

부자

부자로 살려면 돈이 너무 많이 들고, 그 점만 보아도 그렇게 욕망할 것이 못 된다. 예전에는 부자로 사는 데 지금보다 돈이 훨씬 적게 들었다. 1954년 코코 샤넬의 맞춤 정장은 380파운드였는데, 오늘날에는 약 15,000파운드이다. 지금은 상당한 부잣집이라도 일꾼들이 겨우 한 손으로 셀 수 있을 정도이고 그들도 5시면 업무가 끝난다. 50년 전 런던의 **집사**☞ 연봉은 800파운드였는데, 요즘에는 자부심 있는 집사라면 적어도 5만 파운드는 받아야 일을 한다. 예전에는 (침대, 바, 스튜어디스들까지 갖추어진) 마켓티어라는 브랜드의 개인 제트기를 미국 기업가 하워드 휴스◆ 같은 거물은 71,500파운드면 가질 수 있었다. 이제는 걸프스트림 V 모델을 가지려면 2,600만 파운드를 내놓아야 한다.

《파이낸셜 타임스》의 계산에 따르면 백만장자들의 생활방식은 하이퍼인플레이션에 빠졌다. 50년 전 백만장자처럼 살려면 지금은 약 1억 파운드가 필요하다. 그러나 50년 전에는 1백만 파운드만 있어도 아주 부자였다. 이제는 그 정도 돈이면 런던 외곽의 아담한 집 한 채밖에 사지 못한다. 1964년 켄싱턴에서 도시 가옥은 1만 파운드, 농가는 5천 파운드였다. 지금 영국에는 명목상 백만장자는 아주 많다. 교외의 집이 소위 백만 파운드 가치가 있기 때문이다.

◆ Howard Hughes, Jr., 1905-1976. 미국의 투자가, 비행사, 공학자, 영화 제작자. 그의 일생이 〈에비에이터〉로 영화화되기도 하였다.

그 집을 구매할 사람이 아무도 없다는 게 애석할 뿐이다.

불안

끊임없이 불안에 대해 말하던 시대는 다행히도 지나갔다. 그 시대에는 독일 영토에 미국 핵미사일을 추가 배치하는 것이 독일의 이해관계에 부합하지 않는다고 말하는 대신에, 그런 일이 '불안하다'고 말했다. 이라크 전쟁이 중동의 아슬아슬한 정치적 균형을 파괴할 것이라고 말하는 대신에, 그런 일이 '불안하다'고 말했다. 게다가 대중매체들은 불안을 판촉 수단으로 사용했다. 잡지의 건강 면에서는 월요일에는 귀중한 오메가3 지방산이 든 생선을 많이 먹어야 동맥경화로 요절하는 것을 막을 수 있다고 권장하고, 화요일에는 생선이 유해물질을 포함해서 건강에 큰 위해요소가 될 수 있다고 경고한다. 수요일에는 비타민 B가 심장마비를 예방할 수 있는 스트레스 해소 물질이라고 권하더니, 목요일에는 비타민 B를 너무 많이 섭취하면 암을 유발할 수 있다고 말한다.

우리가 진짜로 불안을 가져야 할 어떤 일이 정말 일어난다면 대체 어떡해야 하나? 모르겠다. 대중매체를 받아들이는 데 미숙한 소비자들은 조류독감이 정말로 심각한 위험인지, 아니면 이런 소동이 늘 일어나는 히스테리 반응에 불과한지 구별할 수 없다.

광우병에 대한 불안이 하늘을 찌르던 시절에 신문에 실린 사진한 장을 기억한다. 카메라에 눈이 마주친 가정주부가 당황한 표정으로 손가락으로 커다란 스테이크를 들고 쓰레기통에 버리려고 하는 장면을 담은 사진이었다. 마치 입을 벌린 쓰레기통에 먹이를 주려는 듯이. 그 당시 광우병에 대한 불안이 조류독감에 대한 불안만큼 컸었는지는 기억나지 않는다. 하지만 불안감 때문에 이런 사진이 나올 정도라면, 때로는 조금 섬뜩하기도 하다.

블로그

언론 편집국장과 텔레비전 제작자들이 자기들이 제공하는 형식을 완벽하고 프로페셔널하게 만들기 위해 여러 해 동안 노력한 결과, 평범한 독자와 시청자들도 갑자기 모든 매체 형식 중 가장 프로페셔널하지 않은 형식인 블로그에 흥미를 가지게 되었다. 평균적인 사람들이 자기의 평균적인 삶을 평균 이하의 질로 인터넷에 올린다. 아침에 먹은 달걀을 사진 찍고 구멍 난 스타킹이나 자기 집 냉장고에서 썩은 요구르트의 유통기한에 대해 논평한다. 그러면 미디어 연구자들은 이런 보도 방식이 지닌 새로운 '순수성'에 대해 열광하면서, 정보 생산자와 소비자의 경계가 점점 모호해지고 있다고 주장한다. 그러나 이런 열광은 곧 씻은 듯이 사라질 것이다. 때가 되면 사람들은 여기 익숙해질 것이다. 1990년대 초 이후로 휴대폰에 익숙해진 것처럼. 여러분은 전화를 걸면서 "나 지금 휴대폰으로 거

는 거야. 기술이라는 게 끝내주는 거야. 안 그래?"라는 말을 마지막
으로 언제 들어 보았던가?

비관주의

우리 모두가 언젠가 죽는다는 확실한 사실에 비추어 볼 때, 비관주
의는 제일 합리적인 태도가 아니던가? 우리는 성공했고 재산을 모
았고 서로 사랑하고 자식들도 건강하다. 하지만 마지막에 어떻게
될지는 벌써부터 확실하다. 그리고 그렇게 되기 전에도 아주 불편
한 시기들을 쭉 거쳐야 한다. 이런 시기들 하나하나를 자세히 그려
볼 필요도 없을 것이다.

이에 비해서 의기양양한 비관주의는 불필요하다. 이런 비관주의
자는 모든 일이 자기가 예견한 대로 그렇게 잘못되어야 비로소 편안
함을 느낀다. 불행한 일이 생기기 전부터 거기 관계된 모든 사람들
에게서 상황을 반전시키는 데 필요한 용기와 활기를 앗아가 버린다.

작고한 유명한 출판업자는 자기 자신이 '성공을 사랑한다'고 주
장했다. 실패를 사랑하는 사람도 있단 말인가! 그렇지만 그런 사람
도 정말 있다. 실패를 사랑하는, 특히 다른 사람의 실패를 사랑하는
사람들이 정말 있다. 어디를 가거나 괴로운 일들의 냄새를 맡고 남
몰래 실패의 순간을 미리 기대하고 기뻐하는 이런 은밀하고 심술궂
은 눈길. 비관주의자가 다른 사람의 일에 이렇게 감정적으로 깊이

93

관심을 가질 것이라고는 생각하지도 못했을 것이다. 하지만 그들은 이 불행에 대해 나중에 논평할 때 다시 자제한다. 감정을 배제하고 과학적이고 냉정한 태도를 취한다. 빌어먹을 비판주의자들!

비즈니스클래스

콩코드 항공기를 없앤 것만 해도 어마어마한 진보였다. 거기에는 퍼스트 클래스만 있었다. 저널리스트 노베르트 쾨르츠되르퍼Nobert Körzdörfer는 브리티시 항공사의 콩코드를 타고 가는 일에 대해 멋진 글을 쓴 적이 있다. "음속을 돌파할 때 굉음도 나지 않는다. 떨리지도 흔들리지도 않는다. 샴페인이 방울져 떨어질 뿐이다." 이 글을 본 독자들은 5,555유로를 내고 콩코드를 타는 일이 그만한 가치가 전혀 없음을 알게 되었다. 게다가 콩코드 비행기 좌석은 좁아도 너무 좁다.♦ 런던의 히스로 공항은 벽이 유리여서, 콩코드 타는 사람들이 아주 오만한 표정으로 퍼스트클래스 라운지에서 비행기 타는 것을 관찰할 수 있다. 그 비행기는 세 시간 반을 날아 뉴욕 JFK 공항으로 갈 것이다. 하지만 비행기 고장으로 그들이 다시 비행기 밖으로 나오는 것도 관찰할 수 있다. 휴대폰에 대고 욕을 하면서. "그 사람들에게 미팅에 못 간다고 전해. 고소할 거야."

♦ 이에 대한 보상으로 젠하이저(Sennheiser) 이어폰을 집으로 가져올 수 있다.

중산층이 퍼스트클래스나 비즈니스클래스라는 달콤한 과실을 맛볼 현실적인 기회는 딱 하나밖에 없다. 독일의 저가항공사 LTU 나 콘도르의 자칭 퍼스트클래스를 타는 것이다. 그러나 진실을 말하자면 거기에서도 퍼스트클래스를 타는 데 지불한 추가 금액을 회수하려면 15분마다 음식을 시켜야 한다. 그러니까 비행을 오래할 때는 식사를 여러 번 하는 것이다. 그럴 때면 거드름 피우는 승무원들이 접대하는데, 대개 라르스 같은 이름을 가진 금발 남성 승무원이 악수를 청하며 자기소개를 한다. 이런 비행기에서 밥을 먹으며 휴가를 시작하는 사람이라면 휴가 내내 그 충격에서 회복하기 어렵다. 뒤쪽 이코노미 승객에게 여행은 좀 불편한 정도지만, 앞쪽 퍼스트클래스 승객에게는 고문이다.

비타민 알약

서구 사람들은 기름기 많고 비타민은 적은 식사를 보충하기 위해 점점 더 비타민 알약을 찾고 있다. 비타민 알약을 가장 많이 먹는 사람들은 단연 미국 사람들이다. 간은 잉여 비타민을 즉각 분류해서 소변으로 빨리 배출하기 때문에, 전 세계에서 제일 비싼 오줌은 미국인의 오줌이다.

사

사무실 머그잔

일을 하려면 정신에 **커피**☞를 제공해야 한다는 것은 거의 자연법칙 같다. 커피가 생기기 전에는 작가나 회계사나 사상가나 시인은 대체 어떻게 살았을까? 모카라는 도시가 있는 에티오피아의 금욕주의자들이 한밤중에 잠을 이기기 위해 커피를 만들어 냈다. 그 이래로 사무실에서 아침은 커피를 끓이는 일로 시작한다. 이러한 제의에는 임시직이나 인턴사원이 어울린다. 그래야 마침내 노동생산성을 효율적으로 올리는 데 이바지할 기회를 얻을 수 있을 테니.

물론 독일의 사무실 커피가 최고의 커피는 아니다. 커피에 까다로운 회사들은 라이프스타일 상품들로 돈을 버는 회사들뿐이다. 이런 회사들에서는 에스프레소 숭배 열풍이 몰아쳤다. 조그만 에

스프레소 잔의 정확한 반대가 바로 머그컵이다. 이제 머그컵은 커피를 끓이는 좁은 주방을 벗어나 심지어 식당에까지 퍼졌다. 예컨대 고속열차 ICE 레스토랑에서는 커피 한 잔을 시키는 것이 아니라 커피 한 '포트'를 시킨다. 그러면 커피가 손잡이가 달린 도자기 원통에 나오는데, 이 포트는 요강으로 쓰기에는 너무 작고, 다른 것으로 쓰기에도 쓸모없는 것이다.

물론 이런 현상에 대해 설명할 길도 있을 것이다. 하지만 나는 어떻게 설명할 수 있을지 전혀 모르겠다. 내가 아는 것은, 커피는 두께가 다소 얇은 사기잔으로 마실 때 제일 맛있다는 것이다. 두꺼운 사기잔이 왜 커피 맛을 버리는지에 대해서는 굳이 말할 필요도 없을 것이다. 그리고 커피는 신선해야 한다. 그래서 우리는 지루하고 김빠진 것들에 대해서 '식은 커피 같다'는 말을 쓰는 것이다. 그러나 묽고 신맛이 나는 사무실 커피는 흔히 길쭉한 스테인리스 주전자에다 담는다. 그리고 주전자 꼭지를 통해 머그컵에 커피를 따른다. 머그컵의 커피는 금방 식어 버리고 진짜 역겨운 맛을 낸다. 그 대신에 머그컵에는 재미있는 문구가 적혀 있다. '보이스를 사랑합니까? 아니요, 여자들을 사랑합니다.'◆ 이런 걸 보면 한 주 내내 우울해진다.

◆ Beuys(독일의 저명한 미술가 요셉 보이스)와 boys(남자들)의 발음이 같은 것을 이용한 말장난.

사용설명서

사용설명서는 우리가 어떤 장비를 정말로 제대로 사용하게끔 인도할 수 있도록 쓰였다면 전혀 쓸데없는 것은 아니다. 조그맣게 접은 얇은 메모지에 적힌 조그만 글들을 작성하기 위해 독일어 전문가를 고용하라는 것은 물론 지나친 요구일 것이다. 돈이 너무 많이 들테니까. 하지만 우리 같은 사용자로서는 그러한 사용설명서를 전혀 의식하지 못하게 되는 편이 낫다. 왜냐하면 좋은 사용설명서는 어떤 의미에서는 의식되지 않기 때문이다. 다시 말해 우리는 그것을 읽고 이해한 다음에는 즉시 잊어버린다.

말이 나온 김에 말하자면, 좋은 사용설명서를 쓰는 일은 절대 쉽지 않다. 기술적인 절차들을 분명하고 이해하기 쉽게 서술하는 일이란 외국어를 배우는 사람으로서는 가장 복잡한 일 중 하나이다.◆ 또한 사용설명서는 번역을 통해 만들어지는 경우도 많다. 우리가 거기 나온 대로 해야 하지만 않는다면, 사용설명서를 읽는 일은 재미있기까지 하다. 구부정한 자세로 원문을 들여다보면서 그것을 이 세상에 존재하지 않는 언어로 번역한 사람이 그 속에 있다. "단추 빨강까지 돌려. 그러면 열려 그리고 뜨더"라는 말을 주의 깊게 읽는다. 어디에 단추가 있지? 빨강은 왜 안 보이는 거야? 무얼 뜨으라는 거지? 이런 건 다 핵심을 놓치는 어리석은 질문이다. 이런 물건

◆ 외국에서 독일로 수입되는 제품에 제공되는, 외국인이 작성한 독일어 사용설명서를 말함.

을 사다니 우리가 멍청했다. 제일 중요한 일, 즉 구매는 이미 끝났다. 우리는 구매자로서는 환영받지만, 사용자로서는 잉여로 취급될 뿐이다.

사이클복

자전거 타기는 한때는 촌스럽고 한물간 스타일을 상징했다. 이제는 정반대이다. 얼마 전에 스타일을 주도하는 타일러 브릴레♦는 어떤 차를 모는 걸 제일 좋아하느냐는 질문을 받고 이렇게 대답했다. "자전거를 탑니다. 그렇지 않으면 기사 딸린 차만 타요." 하지만 아무리 그렇다고 해도 요즘 유행하는 사이클복을 입고 다니느니 차라리 총살당하는 게 나을 것이다. 요즘은 날씨 좋은 날이면 그런 옷을 입은 사람들이 자전거를 타고 말벌 떼처럼 무리 지어 도시를 탈출해서, 나지막한 산과 골짜기를 가로지르는 구불구불한 길을 따라 달린다.

자전거를 섬기는 이런 무리들은 푸른 자연경관의 아름다움은 하나도 보지 못한다. 그들의 눈은 회색 아스팔트만 고집스럽게 바라본다. 그들이 쓴 자전거용 선글라스는 용접할 때 불꽃과 과도한 빛으로부터 눈을 보호하기 위해 쓰는 안경 같다. 그들의 몸은 바람의

♦ Tyler Brûlé, 런던 출신의 크리에이티브 디렉터.

저항을 최소화하기 위해 철저하게 설계되었다. 곤충처럼 보이는 헬멧부터 그렇다. 라이딩하는 동안에도 그들은 핸들에 걸린 음료 수병에 빨대를 꽂고 곤충처럼 빤다. 하지만 구부정하게 올라탔던 알루미늄 프레임에서 내려서야 비로소 사이클복의 위용을 제대로 감상할 수 있다.

모든 스포츠는 나름의 복장이 있고, 그 복장은 그 스포츠에서 요구하는 움직임에 최적화되어 있다. 그러니까 자전거를 빨리 달리려면 스타킹처럼 몸에 착 달라붙는 옷도 분명 필요할 것이다. 물론 그 옷을 입으면 몸은 마치 비닐로 꽁꽁 둘러싼 냉동 닭처럼 보인다. 가장 중요한 성징이나 그다음 중요한 성징까지 그대로 드러난다. 물론 이것이 **익살스러운 콘돔**☞을 쓸 때와 같은 의도는 아닐 것이다. 그래도 울긋불긋한 색깔 때문에 사이클복과 이런 콘돔은 놀랍게도 닮아 보인다.

요즘 우리는 아주 보기 싫은 분홍색을 마젠타라고 부른다. 이런 자전거 무리 중에 마젠타색 옷을 입은 사람이 빠질 리 없다. 이 색은 아무리 푸른 들에서도 혼자 빛난다. 비쩍 마른 그 사람 몸을 보이지 않게 하려면 투명 망토로 덮을 수밖에 없겠다.

사인 용지

어느 여배우와 오랫동안 같이 차를 타고 가는 기쁨을 누린 적이 있다. 그녀는 어느 정도 유명했다. 말하자면 한때 인기 TV 드라마에서 조연을 맡았는데 이 역을 드라마 내내 했던 것이다. 그래서 사람들은 그 드라마를 떠올릴 때면 게스트 역할만 맡았던 다른 여러 스타들보다도 이 나의 지인을 먼저 떠올렸다. 그녀는 괜찮은 배우였다. 이제 젊지는 않지만 경륜이 많았다. 하지만 그 당시 그녀의 상황은 그다지 좋지 않았다. 그녀의 삶은 종종 잔혹하게 흘러갔다. 여러 해가 지났지만 커다란 기회는 오지 않았고 마침내 늙었다.

나의 이 여배우는 기분이 좋았지만 주유소로 갈 때는 표정이 어두워졌다. 그녀는 이제 쉬고 싶었지만 휴게소에 있는 것은 고문이나 마찬가지라는 것이다. 조용히 커피 한 잔 마실 수 없는 것이다. 사람들이 흘끔흘끔 훔쳐보는 것만 해도 괴로운데, 게다가 사인을 받으려고 저돌적으로 밀려드는 사람들까지 있다. TV에 나온 사람은 자기 얼굴을 시장에 내다 판 것이나 다름없다. 그래서 그녀는 점차 여배우 그레타 가르보 Greta Garbo 처럼 행동하기 시작했다. 외투 깃을 세우고 선글라스를 썼다. 그런 행동을 하면서 조금 창피해 했다. 자기 생각에도 자기가 그렇게 중요한 사람은 아니라는 것이다.

우리는 커피를 뽑으려고 줄을 섰다. 손에는 쟁반을 들고. 그리고 커피를 받았고 계산대에 가서 돈을 지불했다. 돈을 받는 여자는 쳐다보지도 않았다. 우리는 앉을 자리를 찾았다. 어쩌다 사람들이 우연히 우리를 바라보더라도 따분한 듯이 곧바로 다시 고개를 돌렸다. 우리는 완벽하게 익명이었다. 아니, 완벽하지는 않았다. 키가 작고 둥글둥글한 한 여자가 굽은 다리로 힘들게 걸어서 우리 식탁으로 다가왔다. "혹시, … 아니세요?" 여배우는 친절하게 웃으며 "네, 맞습니다"라고 말했다. 그러면서 벌써 핸드백을 뒤적였다. 핸드백에는 사인 용지들이 있었다. 최소한 20년 전에 찍은 아름다운 사진이 있는 사인 용지들이. 나의 지인은 크고 우아한 글씨로 그 위에 자기 이름을 썼다. 이 둥글둥글한 여자는 활짝 웃었다. 하지만 내가 제대로 기억한다면 그녀는 사실 사인을 청하지는 않았다. 내 생각에 이 정도만 해도 사인 용지에 대해서는 할 이야기는 다한 것 같다.

사회 취약계층

이 말은 아주 조악한 개념이다. 이 개념을 빌려 가난한 사람들을 중 상모략할 뿐 아니라, 그들에게 인간관계가 부족하거나 사회적인 능력이 뒤떨어진다고 무고한다. 그런데 타우누스의 은행가 동네나 뮌헨 그륀발트의 흉물스러운 저택 담장 너머에서 많은 고독한 은행가 부인들을 볼 수 있다. '사회적으로 취약한'이라는 말은 그들에게 더 잘 어울릴 것이다. 아니, '사회적으로 고립된'이나 '사회적인 장애가 심한'이라는 표현이 대개는 더 적절할 것이다.

산타클로스

나는 산타클로스가 베를린에서 제일 먼저 목격되었으리라고 추정한다. 크리스마스에 동방박사의 모범에 따라 선물을 하고 아기 예수 탄생만으로도 자기는 충분히 선물을 받았다고 느끼는 오랜 관습은 근절되기 어렵다. 하지만 거기에 덧붙이는 종교적인 찌꺼기들은 황당무계한 방식으로 나타났다.

베를린의 잡다한 신화에 따르면 아기 예수와 성 니콜라우스는 하나로 합쳐졌다. 뮈라의 니콜라우스 주교는 천상의 책을 가지고 있어 거의 전지적일 만큼 현명하다. 그는 자신의 축일 전날 밤, 즉 12월 5일 밤에 아이들을 방문해서 아이들에게 그리 무섭지 않고 소소하지만 아주 인상적인 '최후의 심판'을 실시했다(그리고 많은 곳에서는 아직도 그렇게 하고 있다).

베를린에서는 19세기에 이미 성 니콜라우스가 독주에 얼근해진 늙은 마부로 변했다. 마부들이 입는 좀먹은 털옷을 입은 그는 아이들에게 주석병정이나 소꿉놀이 주방 같은 것들을 가져다주었고, 그 전에 아이들을 심판하는 일은 없어졌다. 역설적이지만 이러한 내용의 약화는 곧 강화이기도 하다. 이제 미국 광고업계가 나서서 산타클로스를 창조하고 코카콜라를 상징하는 빨간색과 흰색 옷을 입혔다. 뚱뚱한 배에 꽉 끼는, 후드 달린 빨간 옷의 가장자리는 모조리 눈처럼 흰색이다. 빨간 바지 아래에는 가장자리에 털이 달린 장화를 신었다. 이제 그는 탱탱하게 바람 넣은 고무 인형이 되어서 유곽이나 광고회사 건물 앞에 매달려 있다. 하지만 착실한 가정집에도 매달려 있는데, 이는 지나가는 사람들에게 그 안에서 크리스마스를 기다리는 분위기가 얼마나 무르익었지 보여주려는 것이다.

(상시) 연락 가능

예전의 전화는 꼼짝 않고 벽에 걸린 크고 무거운 상자였다. 그렇지만 언제부터인가 전화기가 움직이기 시작했다. 처음에는 그래도 긴 전화선이 있었고 줄이 닿는 한 방들을 오가면서 전화를 할 수 있는 정도였다. 정원이나 기차에는 가지고 가지 못했다. 카폰은 비쌌고 감청하기 쉬웠다. 그래서 헬무트 콜 독일 총리는 이동 중에 중요한 전화를 해야 하면 늘 전화부스를 이용했다.

　이제 상황이 얼마나 바뀌었는지 모두 알 것이다. 독일인들은 **'휴대폰'**[☞]이라고 부르는, 손에 쏙 들어오는 이 조그만 물건이 없으면 아무도 집을 나서지 않는다. '휴대폰'이라고 쓸 줄도 모르는 아이들에게도 휴대폰을 준다. 남편들은 휴대폰으로 불륜을 숨긴다. 사무실 전화를 휴대폰으로 자동연결하는 것이다. 화장실에 앉아서 휴대폰으로 사업상 대화를 나눈다. 최근에는 지하철을 탔는데 앞에 앉은 여자가 갑자기 소리를 질렀다. "휴대폰 잃어버렸어요!" 이 불행을 이야기하기 위해 누군가에게 전화도 할 수 없었던 그녀는 이런 식으로라도 이에 대해 말하고 싶은 욕구를 충족시킨 것이다.

상시 연락 가능해야 하기 때문에 잃어버린 자유를 그래도 보상해 주는 것이 있다. 내가 옆방에 있는지 중국에 있는지 전화 건 사람은 알 수 없다는 점이다. 이제는 "별일 없어?"보다 "어디야?"가 하루 중 가장 많이 하는 물음이 되었다. 이 물음은 자꾸 반복해야 하기도 한다. "어디야? 잘 안 들려. 너는 들려? 그래, 금방 다시 걸게. 뭐라고? 아니, 바깥이야." 이런 일 때문에 추리소설에서 플롯 만드는 방식이 모조리 무너졌지만, 그 대신 형사들에게는 예상치 않게 유리한 상황이 열렸다.

이렇게 늘 연락이 되어야 하는 상황에서 일부러 벗어나려는 최후의 모히칸들은 국제적으로 수배를 받는 테러리스트들이다. 물론 그들이 이렇게 행동하는 이유는 꼭 독립적으로 살기 위해서라기보다는, 형사들 표현에 따르면, '추적 불가능'하도록 하기 위해서이다. 그러나 우리 같이 테러리스트가 아닌 사람들에게는 '추적 불가능'한 상태에 있는 것이 점점 더 사치가 되어 간다. 이런 사치를 누릴 수 있는 사람은 거의 없다.

계급문제에 아주 민감한 영국인들의 표현에 따르면 '일하지 않아도 되는 신사 a gentleman of independent means'라면 물론 이 전자팔찌에서 벗어날 수 있다. 이런 사람에게 연락하는 일은 때로는 너무 어렵다. 겨우 전화번호를 얻어서 전화를 걸면, 여비서가 이렇게 말한다. "이메일로 연락해 주세요."

생수

병에 담아서 비싸게 파는 물이 불필요하다는 것은 어쩐지 애석한 일이다. 그것은 지위에 대한 꽤 근사한 상징이기 때문이다. 자부심이 강한 사람이라면 블랙베리 폰을 들고 다니기보다는 플라스틱 물병을 들고 다닐 것이다.

새로운 생활 방식의 엘리트들, '로하스Lohas'◆족은 그들 선구자의 선배격인 여피족이 샴페인을 가지고 번잡을 떨었던 것과 비슷하게 지금 미네랄워터를 가지고 값비싼 소란을 피운다. 미네랄워터 속물들은 일본 브랜드 '로코노'를 애호하는데, 베를린의 아들론 호텔에서 로코노 한 병은 거만하게도 62유로를 호가한다. 미네랄워터의 본거지는 미식 전문가들에게 높이 평가받는 '로바트', '하이랜드 스프링스', (영국 왕의 별장인 밸모럴 성에서 마시는) '디사이드 내추럴 미네랄워터', '피오나' 같은 상표들의 본고장 스코틀랜드이다.

독일에서는 연간 100억 리터 이상의 생수가 팔리는데, 소비량은 전 세계에서 여섯 번째이다. 여기에서 좋지 않은 소식은 생태적 관점에서 보면 물병에 든 생수를 마시는 일은 자기 집 바로 뒤의 숲에 핵폐기물을 처리하는 것과 크게 다르지 않다는 것이다. 미국의 지구정책연구소는 생수 생산을 위해 필요한 자원을 계산했다. 전 세계에서 물병의 70%는 폴리에틸렌 테레프탈레이트PET로 만드는

◆ '건강과 지속 가능성을 고려한 생활 방식 Lifestyle of health and sustainability'의 약자

데, 이 물질은 그 이름만큼이나 독성이 있다. 연간 판매되는 1,500
억 리터 이상의 물을 병에 담으려면 석유로부터 약 3백만 톤의 페
트병을 생산해야 한다. 연간 260억 리터를 소비하는 세계 최대 생
수 시장인 미국에서는 물병 생산을 위해 사용되는 석유로 자동차
10만 대에 1년간 주유할 수 있다. 그리고 병에 든 물을 장거리 운반
해야 하는데, 호주에 사는 사람이 에비앙을 마시려 하거나 미국에
사는 사람이 일본 광천수를 좋아하기 때문이다. 따라서 물을 선박
에 실어 소비자에게 공급하기 위해 매년 막대한 연료가 사용된다.
빈 플라스틱병은 썩으려면 수천 년이 걸리고, 그중 극소수만 새 병
으로 재활용된다. 독일에서 나오는 페트병 쓰레기 중 상당량은 중
국으로 수출되는데 중국에서 이는 다시 방직섬유로 재처리된다.
그러니까 여름에 ICE 열차를 타는 일을 고역으로 만드는 저 고약
한 냄새의 합성물질에는 우리의 생수 소비도 간접 책임이 있는 것
이다.

샴페인

저질 포도로 빚는 프랑스의 탄산 함유 포도주. 그러므로 빙점에 가
깝게 차가운 상태에서만 마실 수 있다. 그래서 샴페인의 매력은 맛
이 아니라(1978년도산 샴페인이 든 잔을 손에 들고 있을 때는 예외이다),
병뚜껑을 따는 의식이다. 펑 소리 요란하도록 천천히 뚜껑을 따면

"와!" 커다란 함성이 인다. 그러나 이제 바야흐로 도래하는 시대의 진정으로 사치스러운 음료는 미네랄워터이다.

서로 말 놓기

서로 말을 놓는 것은 오래전부터 스위스가 집요하게 미루고 있는 EU 가입과 같다. 기본적으로는 이렇다. 들어오는 것은 마음대로이지만, 한 번 들어오면 다시는 못 나간다.

선글라스

시대마다 반드시 필요하고 아주 실용적으로 보이지만 나중에는 우스꽝스러운 허식으로 보이게 되는 액세서리들이 있기 마련이다. 예컨대 바로크 시대에는 신사라면 거의 장대처럼 아주 긴 산책용 지팡이가 있어야 했다. 그걸 옆에 세우고 손을 그 위에 얹으면, 위엄 있는 자세가 다 망가져 버린다. 그 당시 여성들에게는 부채가 그랬다. 그래도 코르셋을 졸라맨 여성들에게 조금은 시원한 바람을 선사할 수 있었다. 그뿐 아니라 부채를 사용한 다양한 몸짓이 발달해서, 그야말로 부채 언어라고 할 만했다. 우리 시대에 이와 비교할만한 것이라면 선글라스, 그리고 선글라스로 하는 행동들뿐이다.

아주 추운 곳이나 해발 2천 미터 이상에서나 햇빛이 너무 강하거나 눈밭에 너무 반사된다면 선글라스는 분명 눈에 좋다. 자동차를 탈 때 햇빛에 눈이 부시면 선글라스를 쓰는 것이 좋다. 그 외에는 선글라스는 무엇보다도 개성을 연출하는 데 쓰인다. 선글라스를 쓰면 입을 꾹 다물고 산만하거나 따분한 시선을 다른 사람들에게 던질 수 있다. 선글라스를 콧등에 걸치고 들어오는 사람은 다른 사람들로부터 거리를 둔다거나 신비롭다거나 위협적으로 보이고자 하는 것이다. 또 선글라스를 벗으면 친밀한 느낌을 만들 수 있다. 여기에 미소까지 덧붙이면 금상첨화이다. 이성과의 만남에서 이런 효과는 무궁무진하다. 선글라스를 낀 저 여자가 우리를 보았을까, 보지 못했을까? 저 여자가 선글라스를 갑자기 쓴 것은 시선을 마주치기 싫어서일까, 아니면 우리가 자기를 보는 것이 당혹스러워서일까?

이렇게 유용한 응용 가능성이 많은데, 왜 선글라스는 그리 유쾌하지 않을까? 인간 얼굴에서 눈은 말을 가장 많이 하는 부분이다. 선글라스의 어두운 유리는 바로 그런 눈앞에 가리개를 내려 버린다. 예전 기사들의 표현을 쓴다면, 투구 눈가리개를 내리는 것은 적대관계의 시작이다. 선글라스는 오늘날에도 다소 그런 성격을 가지고 있다.

성형수술

외모 때문에 심하게 손해를 본 적이 없고 사고로 얼굴이나 몸이 일그러진 것도 아니면서 여성들이 자기 얼굴이나 몸에 그렇게 경솔하게 칼을 댄다는 것은 참으로 불가사의한 일이다. 여성의 가슴이나 엉덩이 같은 성스러운 곳이 아무렇게나 축소되거나 확대된다. 마치 마음대로 부풀리거나 찌그러뜨릴 수 있는 고무인형 몸인 것처럼. 많은 여자들이 입술에 주사를 놓아 부풀려서 나중에는 터진 프랑크푸르트 소시지 두 개를 얼굴에 올려 놓은 몰골이 된다. 이제 우리는 다 알고 있다. 얼굴 주름 제거 시술은 여러 번의 실패를 겪어야 완성되는데, 결국에는 탈처럼 경직된 얼굴에서 눈동자만 예전 모습으로 내다보게 되는 것이다.

　노화에는 백약이 무효이고 어떤 수술용 칼로도 치유할 수 없다. 그리고 좀 더 젊은 여성을 위해서는 아주 아름답고 또 아주 영리한 어떤 모델의 말을 거울에 붙여 놓아야 한다. "수많은 여자들이 묻는다. 왜 자기들은 우리처럼 생기지 않았느냐고. 그들은 우리도 실은 그렇게 생기지 않았다는 걸 모른다."

섹스

섹스에서는 상황이 좋지 않아 보인다. 인간 종 유지를 위해서는 섹스가 더 필요하지 않다. 이제는 시험관과 페트리 접시면 되고 앞으로는 원치 않은 유전자는 쉽사리 제거할 수도 있을 것이다. 게다가 섹스는 비교적 돈이 많이 든다. 젊을 때는 그렇지 않더라도 나이가 들수록 점점 그렇게 된다. 섹스에는 레스토랑에 가고 장신구를 선물하고 여행을 가고 좋은 직장을 얻고 온갖 의무를 짊어지는 일이 결부된다. 대부분 막대한 돈이 드는 것이다. 특히 섹스가 한 차례의, 혹은 심지어 여러 차례의 결혼으로 이어질 경우에는 제일 돈이 많이 든다.

게다가 섹스는 더럽다. 아니, 지금 여러분이 떠올리는 것처럼 야하다는 의미에서 '더럽다'는 것이 아니다. 한마디로 섹스는 비위생적이라는 것이다. 인간은 다른 사람의 체액에 본능적 역겨움을 느낀다. 이런 건강한 방어기제가 섹스할 때는 갑자기 사라지는 데다가 오히려 정반대 현상이 일어나는 것은 우려할 만한 일이 아닐까? 이런 식으로 자제력을 잃는 일은 보통은 유아나 정신병자에게나 있는 일이다. 다른 사람의 체액을 꺼리지 않는 이런 현상만 하더라도 섹스는 주기적인 정신질환이라는 확실한 증거이다. 게다가 섹스는 사회적으로도 문제가 있다. 섹스는 남자와 여자의 차이를 공고하게 함으로써 위험천만한 갈등을 일으킬 잠재성이 있다.

가능하다면 이런 논리 중 단 하나라도 반박해 보라. 여기에 대해 깊이 생각하기 가장 좋은 때는 **'그 후의 담배'** 한 개비를 입에 물 때다.

순응주의

우리는 자유주의 시대에 살고 있다고 믿는다. 누구나 자기 방식대로 행복을 누릴 수 있는 시대라는 것이다. 하지만 그렇다면 왜 이렇게 순응주의가 널리 퍼지는가? 여러 신문의 사설은 서로 바꾼다 해도 아무도 모를 지경으로 똑같다. 라디오 방송은 모두 똑같은 음악만 내보낸다. 누구나 하랄트 슈미트◆는 좋고 제니 엘버스■는 별로라고 여긴다. 그리고 전체적으로 보아 모두 같은 옷을 입는다. 그러면서도 순응주의는 불필요할 뿐 아니라 눈꼴시다고 여긴다. 관습을 넘어서는 사람만이 교양인이기 때문이라는 것이다.

내가 만난 사람 중에서 이런 의미에서 가장 교양 있는 사람은 미리엄 로스차일드Miriam Rothschild이다. 그녀는 대학을 다닌 적도 없지만 아주 전문적인 분야에서 세계 최고의 권위자가 되었다. 그 분야는 바로 벼룩이다. 미리엄은 이 작은 동물이 뛰어오르는 메커니즘을 처음으로 연구한 사람이었고, 지금까지도 1만 종의 벼룩을 목록화한 유일한 과학자이다.

나는 영국의 하트퍼드셔Hertfordshire에 있는 초목이 우거진 작은 별장으로, 당시 이미 아흔 살이 넘은 그녀를 방문한 적이 있다. 그녀 아버지 생전에 이 별장 정원은 정원사 14명이 관리했다. 그러나 그녀는 정원을 일부러 황폐하게 만들었고, 그 지역에서 거의 사

◆ Harald Schmidt, 독일의 방송인이자 희극인.
■ Jenny Elvers, 독일의 방송인이자 배우.

라지다시피 했던 토착 꽃들을 키웠다. 달구지국화, 양귀비, 카밀러 등. 그녀는 이 꽃들을 '농부의 악몽'이라고 불렀다. 수천 년 동안 농부들이 멸종시키려고 했던 것이다.

그녀가 가문의 포도주인 1978년산 무통을 개봉한 점심식사가 끝난 후, 그녀는 나를 서재로 인도하여 멕시코 모기의 생식기를 몇천 배 확대한 사진을 감격에 겨워 보여주었다. 나는 동물학자이자 기인으로 유명한 그녀의 아저씨 월터에 대해 물었다. 그 사람은 자기 마차를 말이 아니라 얼룩말이 몰게 한 것으로 유명했다. 그러자 그녀는 이렇게 말했다. "아저씨는 기인이 아니에요. 다만 다른 사람이 어떻게 생각하는지 전혀 신경 안 쓰는 분이셨죠. 그게 기인이라면 기인은 아주 좋은 거죠."

스포츠 사냥

우리 주변의 숲에서 곰이나 늑대가 사라져 버려 사슴에게 천적이 없어진 이후로는 생태적 균형을 유지하기 위해서 사냥은 절대적으로 필요해졌다. 이것은 진지한 문제이지, 그저 재미로 하는 단순한 스포츠가 아니다. 그렇지만 사냥은 점차 부유한 도시 사람들이 지위를 과시하는 일로 변질되었다.

수많은 귀족들이 사냥에서 인생의 의미를 찾는다. 그들은 사냥협회에서 만나 도시 생활에 대한 경멸을 노골적으로 드러낸다. 이를 테면 그들은 어떤 도자기 회사 사장의 일화를 즐겁게 이야기한다. 멧돼지를 겨냥해 총을 쏘았는데 하마터면 얼마 전 세상을 떠난 대공을 맞출 뻔했다는 것이다. 대공은 밤참을 먹으며 이렇게 말했다고 한다. "사냥하다가 죽는 거야 그럴 수 있지. 하지만 변기 만드는 사람 총에 맞는다는 건 별로군."

시사토크쇼

예전에는 정치 살롱이라는 것이 있었다. 살롱이라는 말에서는 향수 냄새가 나고 푹신한 소파가 떠오른다. 하지만 정치 살롱은 아주 진지하고 정신이 말짱한 것이었다. '살롱 여주인salonnière'이 정치 살롱으로 초대한다. 남자들은 설탕물을 한 잔씩 받고 국가의 미래를 토론한다. 이런 살롱에는 아무나 드나들 수 없었다. 그래서 거기서는 솔직하게 말할 수 있었다. 영국과 프랑스에서는 정치권력이 상당 부분 이런 정치 살롱에서 나왔다. 이런 나라의 내각은 한번은 어떤 살롱 회원들이 차지했고 다음번에는 또 다른 살롱 회원들이 차지했다.

오늘날 우리의 '살롱 여주인', 즉 텔레비전 여자 진행자는 수백만 명의 시청자 앞에서 대화하도록 초대한다. 물론 이런 자리에서는 어떤 문제에 대해 해법을 찾을 때까지 어떤 문제에 대해 이모저모 따져보는 것이 중요하지 않다. 먼저 이 수백만 시청자의 인내심을 고려해야 한다. 한 나라의 명운이 달린 문제라고 해도 시청자들은 그렇게 오래 머리를 썩이고 싶어 하지 않는다. 게다가 초대받은 사람들은 허심탄회하게 의견을 교환하고 가능하면 그런 대화에서 스스로 무언가 배우기를 기대하기 때문에 여기 온 것이 아니다. 이미 확고하게 정해진 자기 **의견들**☞과 발언들을 그저 늘어놓으려고 온 것이다. 그런 대화에서 하는 말은 거기 참여한 다른 사람들을 향한 것이 아니라 바로 '저 바깥의' 수백만 시청자를 향한 것이다. 이들을 상대로 어떻게 말해야 하는지를 정치인들은 대중연설에서 이미 배웠다. 그런 연설에서는 딱 하나의 생각을 처음부터 끝까지 계속 반복해야 한다.

토크쇼 참가자들이 시청자가 기대하는 역할을 제대로 수행하면 그 토크쇼는 성공한 것으로 간주된다. 그리고 카메라가 꺼지면, 때때로 진짜로 재미있는 대화가 비로소 시작되곤 한다.

식히다

'식히다chillen'라는 청소년 은어는 (대개 대마를 피고) 푹 쉬는 상태, 즉 그들이 평소에 전혀 하지도 않는 일이나 활동으로부터 벗어난 상태를 뜻한다.

신문 일요판

우리는 신문을 읽는 데 평생을 바칠 수도 있고 그것도 그런대로 재미있는 일이다. A라는 신문은 X라는 **의견들** ☞ 을 내세우고 B라는 신문은 Y라는 의견을 내세운다. 진실은 그 사이 어디엔가 있다지만 항상 그런 것도 아니다. 제대로 된 신문 독자라면 자기에게 가장 잘 맞고 자기가 가장 좋아하는 신문 외에도 다른 신문 하나쯤은 적어도 훑어보기라도 한다. 거기에 또 주간지 하나와 잡지라도 한 권 뒤적이려면 일하는 시간을 줄여야만 될 것이다.

그러므로 신문 일요판이 한동안 사라짐으로써 독자의 짐이 많이 덜어졌다. 신문잡지의 전성기이던 1920년대에는 일요판이 있는 것이 당연했다. 그러나 일요판이 없어지니 독자는 이 부스럭거리는 종이에서 벗어나는 날을 하루 선물받았다. 그래서 신문에서 극찬하는 리뷰를 읽었던 바로 그 책을 직접 넘겨 볼 수 있게 된 것이다. 그러나 애인을 한시라도 혼자 놔두는 것은 부주의한 일이라고 생각하는 질투심 많은 애인처럼, 일간지는 일요일 하루라도 목줄을 느슨하게 하면 독자에 대한 영향력을 잃을 것이라고 걱정했다. 그러나 일요일의 목줄을 너무 팽팽하게 당겨서도 안 되므로, 다시 생겨난 일요판은 경박하고 허풍스럽고 거품이 많아졌다. 형형색색의 수많은 사진과 재미있는 박스 기사들, 너무 깊이 들어가지 않는 세련된 기사들을 주로 싣는 것이다. 마지막 페이지까지 다 읽고 나면 이 모든 것을 잊어버려야 한다는 듯이. 하지만 이 신문을 다 읽으면 일요일도 다 갈 것이고, 독자는 월요일에 다시 시작될 진지한 신문을 읽을 힘을 재충전하기 위해 잠자리에 든다.

신문 읽기

우리가 알아야 할 일들이 왜 매일 신문 하나에 들어갈 딱 그만큼씩만 일어나는가? 이제까지 그 누구도 그럴듯하게 설명하지 못했다.(**뉴스**☞)

신분상승

사회적으로 우스꽝스러워지지 않으면서 부자가 되기는 정말 불가능하다. 역사를 들추어 보면 이에 대한 예들을 도처에서 찾을 수 있다. 벼락부자에게 딱 하나 남은 위안이라면, 부자들이 모두 한때는 상류사회에 갓 들어온 서투른 신출내기들이었다는 것이다. 보르게제◆ 같은 가문은 오늘날 유럽의 전통 명가로 여겨지지만, 이들조차도 예전에는 새로 떠오른 가문이었다. 그래서 이 부유한 상인 가문이 이탈리아 북부에서 로마에 도착했을 때 그곳 사람들에게 인정받

◆ Borghese, 16세기~19세기 초에 걸쳐 이탈리아 정계와 사교계의 중심이었던 가문.

117

기 위해 사치스러운 건축물과 문예 후원에 투자해야 했던 것이다.

우스꽝스럽게 보이는 것은 늘 가장 최근의 벼락부자들뿐이다. 과거에 벼락부자가 된 자들은 이미 다 자리를 잡았다. 그렇기 때문에 신참들을 비웃는 것은 더 우스꽝스러운 일이다. 얼마 전 아가 칸 4세◆과 이혼한 베굼 이나라■를 생각해 보자. 그녀는 〈어부와 그의 아내〉 민담을 연상시킨다. 옛날 옛적에 아주 아름다운 뮌헨의 여인이 있었다. 모두 그녀를 가Gabi라고 불렀다. 그녀의 출생 시 성은 호마Homey였다. 그녀 어머니는 물수건을 발명하여 부자가 되었다.▲ 그녀의 어머니가 유명한 변호사인 분더리Wunderlich 박사와 결혼했을 때, 그녀는 분더리히라는 성을 얻게 되었다. 그래서 이제 가비 분더리히가 된 것이다. 그녀는 뮌헨 테레지엔회Theresienhöhe 지역에서부터 이자르아우Isarauen 지역 사이에서 가장 아름답고 가장 인기 있는 소녀였다. 모두가 그녀와 데이트를 하고 싶어 했지만 단 한 사람만 그럴 수 있었으니 그는 FJS 그룹 회장의 아들이었다.

곧 그녀는 진짜 왕자를 사교계에서 만났으니, 그는 카를-에미히 추 라이닝엔Karl-Emich zu Leiningen이었다. 두 사람은 결혼했고 가비는 꿈을 이룬 것처럼 보였다. 부자에 아름다운 공주가 되어 궁전에 살게 된 것이다. 그러나 결국 공주라는 명칭에 더는 만족하지 못하게 되었다. 어느 날 그는 아가 칸을 만난 것이다. 그의 궁전이 더 컸고

◆ Aga Khan. 이스마일파 아사신의 49대 이맘으로 세계적으로 손꼽히는 거부이자 자선 사업가.
■ Begum Inaara. 독일의 부유한 가문 태생으로 아가 칸 4세와 결혼 후 이혼.
▲ 레나테 티센-헨네를 뜻한다. 다섯 차례 결혼한 그녀는 두 번째 결혼에서 베굼 이나라를 낳았다.

그의 호칭은 누구보다도 높았다. 왜냐하면 이스마엘 종파에게 그는 거의 반인반신에 가까웠기 때문이다. 그래서 그녀는 그와 결혼했다. 그러나 그녀는 곧 궁전 생활이 싫증난 것 같다. 그래서 거기에서 나오고자 했다.

이제 어떻게 진행될까? 교황과 결혼할 수는 없다. 달라이라마와도 할 수 없다. 역사의 교훈에 따르면, 한 계단 한 계단 출세의 계단을 올라가고 있다고 믿더라도 실제로는 단지 다람쥐처럼 쳇바퀴를 돌고 있는 것일 뿐이다.

실내장식

영국에서 애덤 형제가 만들거나 독일에서 싱켈*이나 반 데 벨데■를 비롯한 수많은 사람들이 만든 내부 공간을 생각하면, 실내장식이 진정한 예술작품일 수 있음을 금방 이해한다.

물론 오늘날에도 여전히 위대한 실내장식가가 존재한다. 하지만 보통은 건축가가 작품을 마치고 나서야 실내장식가를 부르기 마련이다. 처음 건물을 짓기 시작할 때는 아마 대단한 아이디어가 있겠지만, 건축주가 개입하다 보면 그 아이디어는 점점 토막이 난다. 그러면 완공된 건축물이 밖에서 보기에는 그나마 괜찮아 보이더라도

◆ Karl Schinkel, 1781-1841, 독일의 건축가이자 화가.
■ Henry van de Velde, 1863-1957, 벨기에의 건축가.

안에서 보면 정말 조악하고 탐욕스러운 대량생산품에 지나지 않게 된다. 호텔 로비, 대형은행 귀빈층, 정부청사 회랑 등등 어떤 위신 있는 프로젝트들이라도 실내장식이 완성되기 전에 보면 지하주차장과 다를 바 없다. 큰 면적만으로 인상적인 공간을 만든다는 야심은 이제 아무도 갖지 않는 게 분명하다. 그래서 실내장식가가 이런 참사를 수습해야 한다. 상상력이 전혀 없는 황량한 모습을 감추고 미화하고 유용하게 만들어야 하는 것이다.

호텔에서는, 다시 말해 사람들이 돈을 내고 머무는 그 공간에서는, 호화로운 것이 늘 이상이다. 19세기의 그랜드호텔처럼 잘난 공간은 이제 없음에도 불구하고 실내장식으로 어렴풋하게라도 그런 호텔을 연상시켜야 한다. 따분한 콘크리트 골격은 번쩍이는 황금빛으로 무장하고, 바닥에는 보풀거리는 벨루어나 **카페트**[☞]를 깐다. 벽은 얇은 고급 무늬목을 붙인 광택 판지로 장식한다. 나지막하고 작은 금빛 테이블 위에는 거대한 스탠드가 있는데, 중국 도자기 모조품인 몸통 위의 전등갓은 쓰레기통만 하다. 천정은 흐릿한데 그래야 손을 뻗으면 거의 닿을 것 같다는 걸 숨길 수 있기 때문이다. 방안으로 들어오면 크림색 융단 위에 크림색 소파가 있고 그 위에는 크림색 쿠션이 놓여 있다. 방의 벽들은 비단을 연상시키는 크림색 벽지를 바르고, 크림색 커튼도 침대보와 색깔을 맞춘다. 전 세계 현대식 호텔이 모두 이렇다. 하지만 이렇게 단조로운 모습이 되는 것도 놀랄 일이 아니다. 아무리 독창적인 실내장식을 하려고 해도 건물 자체가 추하면 아무 소용이 없기 때문이다.

실력

메르켈 총리 시대에 실력이라는 덕목이 다시 인기를 끌고 있다. 하지만 그 결과 어떤 일이 일어나는지도 우리는 물어야 한다. 쿠푸왕의 피라미드를 설계하고 건축하는 일에 어마어마한 실력이 필요했음은 두말할 나위도 없다. 남미 남단 티에라델푸에고 제도에서부터 알래스카에 이르는 땅 구석구석을 주유소와 마트로 가득 채우는 일도 마찬가지이다. 핵폭탄 개발자의 실력을 능가하는 것은 아마 생명복제 과학자뿐일 것이다.

자라나는 세대에게 실력이 없다고 한탄하지 말고 오히려 바로 거기에 희망을 걸어야 한다. 실력이라는 것이 이제 지구를 파멸시킬 참이기 때문이다. 실력이 없으면 이렇게 실력 넘치는 광기에 조금은 제동을 걸 수 있을 것이다. 딱 세 세대만 실력이 없다면 충분히 가능한 일이다.

쓰레기

단 한 사람이 사는 가정에서만 해도 한 주일 동안 얼마나 많은 쓰레기가 모이는지 알면 늘 놀라게 된다. 쇼핑에서 가져온 것보다 더 많은 쓰레기를 집 밖으로 배출하는 것처럼 보이기까지 한다.

쓰레기는 우리 삶에서 빼놓을 수 없다. 대도시라는 유기체에서 제일 민감한 부분이 쓰레기 수거이다. 한 주일이라도 쓰레기를 수거해 가지 않으면, 대재앙이 벌어진다. 쓰레기 구린내는 코가 맡을 수 있는 최악의 냄새이다. 왜 그런지는 모르지만 쓰레기는 배설물만큼이나, 아니 배설물보다 더 악취를 풍긴다. 그런데 쓰레기는 근대의 발명품 중 하나이다. 더럽기는 더러워도 우리가 머리에 떠올리기 어려운 나름의 방식으로 더러웠던 전근대 도시들에는 쓰레기는 없었다. 음식물이 남으면 돼지나 닭이 먹었다. 유기물은 퇴비 더미에 섞였다. 병이나 점토 그릇 같은 것들은 재활용했고, 폐지는 제본업자가 가져갔다. 아궁이에는 오만가지를 넣어 불을 피웠다. 그리고 뼈로는 비누를 만들었다. 이런 식의 경제는, 비록 사용하는 물건들이 청결하지는 않았지만, 나름대로 미덕이 있다. 그렇게 너덜너덜해진 잡동사니들이 얼마나 가치 있는지를 깨달은 사람이라면 그것들을 내버리는 것에 일종의 미적인 불편함을 느낄 지경이다.

독일만 해도 가정에서 연간 5천만 톤 이상의 쓰레기가 나온다. 이런 상황을 근본적으로 바꿀 수 있을까? 유감이지만 그럴 수 없다. 적어도 전 세계적으로 대대적 행동에 나서지 않는 한 그럴 수 없다. 왜냐하면 무역에서 어떤 상품의 가치는 거의 오로지 포장에 달려 있기 때문이다. 상품은 지게차용 화물 받침대에 실을 수 없으면 거래할 수도 없다. 그래서 그런 받침대에 맞게 잘 포장해야 한다. 전 세계가 어마어마한 소화관이 된 것 같다. 끊임없이 온갖 물건들을 꾸역꾸역 삼키고 쓰레기를 다시 배설하는 소화관.

아

아들론 호텔^{Hotel Adlon}

아들론 호텔은 화려했던 1920년대의 베를린에 대한 그리움을 상징한다. 그리고 오늘날 베를린의 정체성이 사라졌음을 분명하게 보여준다. 이른바 포효하는 20년대의 따스하고도 호화로운 무대를 다시 세우기 위해 야심 찬 투자자들이 시멘트 건물을 세우고는 전쟁으로 파괴된 예전의 아들론 호텔을 정확하게 재현한 것이라고 말한다. (구동독 정권이 파괴한 베를린 슈타트슐로스^{Stadtschloss} 궁전도 그렇게 재건할 것이라 한다.) 하지만 호텔 전면조차도 원래 호텔과 다르다. 그리고 아들론 호텔이 지녔던 저 독특하면서도 전설적인 스타일은 어차피 다시 만들지 못한다. 품위 있는 사교계를 구성하는 시민계급이 사라졌기 때문이다. 버스 터미널처럼 생긴 이 호텔 로비에는 이제 관광버스를 타고 온 관광객들만 우글거린다. 그리고 그들을 놀라게 하는 것은 터무니없이 비싼 찻값뿐이다. 과거 아들론 호텔의 꿈은 실현되지 않았다. 아들론 호텔은 장엄한 호텔이 아니라 장엄한 호텔의 밀랍모형일 뿐이다. 그러니까 마담 튀소 밀랍인형 박물관◆에나 가야 할 것이다.

아시아에서 휴가 보내기

얼마 되지 않은 휴가기간. 따뜻하고 햇볕 좋고 물이 깨끗하고 느긋하게 누워 팔과 다리를 뻗을 수 있는 의자가 있는 곳으로 가고 싶지 않은 사람은 없을 것이다. 직장 다니는 사람은 누구나 노예처럼 일한다. 그러다가 마침내 휴가가 오면 어두운 방에서 뛰쳐나와 휘파람을 분다. 몸이라는 기계는 쓰러질 때까지 일하도록 맞춰져 있다. 그렇게 쓰러지는 것이 휴가이다. 그렇지만 휴가에서는 단 하나라도 어그러져서는 안 된다. 경관이 빼어난 잘츠카머구트■로 휴가를 갔는데 비가 주룩주룩 내리면 낭패이다.

　다행스럽게도 비행기를 타고 몇 시간만 가면 언제나 여름인 나라들이 있다. 백사장은 꽃잎처럼 하얗고, 높은 울타리와 담으로 둘

◆ Madame Tussaud's Wax Museum, 마릴린 먼로, 데이비드 베컴 등 세계 유명인들의 밀랍인형을 실물 크기로 제작해 전시하는 곳.
■ Salzkammergut, 잘츠부르크 남동쪽에 위치한 자연경관이 빼어난 지역.

러싸인 호텔 부지는 동화 속의 어촌처럼 보인다. 때로는 연못과 다리와 정자가 가득한 마법 정원에 자리 잡은 궁전처럼 보이기도 한다. 아름다운 소녀와 젊은이들이 환상적인 옷을 입고 시중을 든다. 꽃다발이 우리 삶을 둘둘 감는 듯하다. 해변에서 마시는 칵테일에는 갓 따온 난이 둥둥 떠 있다. 인류가 태고로부터 꿈꿔온 낙원이 여기 있다. 적어도 이 지상에서 이루어질 수 있는 만큼의 낙원이. 자본주의에 봉사하느라 지칠 대로 지친 몸에 따뜻한 향유를 뿌리고 사프란 팩을 얼굴에 붙여 생기를 되찾고 일광욕으로 우리에게 꼭 필요한 **갈색 피부**⃝를 얻는다.

　하지만 이 모든 일은 위대한 역사와 위대한 종교를 간직하였지만 엄청나게 가난한 나라들, 또 자기 문화들이 서양의 진보 관념과 부딪히면서 거대한 문제들을 일으키는 나라들에서 일어난다. 이 나라들은 정말로 방문할 만한 가치가 있다. 이 나라들은 통찰과 경험들의 무진장한 보물창고이다. 오로지 쉬기 위해서 동남아시아를 방문하는 사람은 괴테의 서간문들로 담뱃불을 붙이는 용병들이나 마찬가지이다. 질트⁕도 날씨는 나쁘지만 푹 쉴 수 있는 곳이다. 그리고 하루 종일 해변을 따라 걷는다면 질트 섬의 가치를 완벽하게 알게 될 것이다.

⁕ Sylt. 휴가지로 유명한 독일 북부의 섬.

아침 먹으며 업무 보기

저녁식사는 이미 직장에 뺏겼다. 그건 어쩔 수 없다고 받아들이더라도 적어도 아침식사만은 가족에게 남겨두어야 한다. '아침식사는 황제처럼'이라는 속담도 있지 않던가. 대체 황제가 아침을 먹는데 어찌 휴대폰이 감히 방해하겠는가.

앤디 워홀 초상화

한 번쯤 솔직하게 말해야겠다. 귀족이나 부유층의 선조 초상 전시실에는 라파엘 멩스Anton Raphael Mengs, 1728-1779나 루카스 크라나흐Lucas Cranach, 1472-1553나 앵그르Jean Auguste Dominique Ingres, 1780-1867나 레이놀즈Joshua Reynolds, 1723-1792 같은 화가의 걸작들만 걸려 있는 것은 결코 아니다. 때로는 끔찍한 초상들도 걸려 있다. 이른바 거장들이 아무렇게나 그린 그림들인데, 사실 우리는 이들로부터 거장이라는 영예로운 이름을 박탈해야 한다. 그러나 시간이 흐르면서 이런 서툰 그림들에도 어떤 분위기 같은 것이 형성되었다. 그래서 이 그림들은 단지 오래되었다는 이유만으로 다락방으로 치워지지 않고 거기 걸려 있을 권리를 얻는다.

물론 과거에는 모든 초상화가 최고의 작품이었다고 주장하려는 것은 절대 아니다. 그 당시에도 사람들은 돈을 아무리 많이 주더라도 당대의 인기 화가에게 그림을 부탁하곤 했다. 그래서 렌바흐 Franz von Lehnbach, 1836-1904가 갈색 포장지에 후딱 그려낸 증조할머니 그림이 수많은 살롱에 걸려 있는 것이다.

저 유명한 화가들이 부자들에게 아무렇게나 그림을 그려 주었다는 사실 자체야 별 문제가 아니다. 어떻게 보면 그럴 수밖에 없기도 하다. 부자들은 이미 성공한 화가에게만 그림을 부탁하는데, 성공하려면 사실 큰돈을 받고 대충 일해야 하기 때문이다. 그렇지만 저 앤디 워홀이 그린 초상화들은 어떤가? 전세계 기업인이나 출판업자나 귀족이나 은행가들이 앞다투어 사들인 그 그림들은 이제 수많은 로비와 집안에 걸려 있다. 그 그림들은 거기 그려진 사람들도 '젊은 시절이 있었다'는 것을, 또한 대담하게 '당대 예술에 관심을 가졌다'는 것을 과시한다. 이런 것들도 쓸데없는 것들의 목록에 포함되어야 마땅하겠다.

워홀은 나이로만 보면 아이들을 데리고 '새로운 기법'을 실험했던 저 미술 선생들 세대에 속한다. 물감을 뿌리고 흩날리고 감자를 으깨 붙였다. 그러면 정말 근사하게 보였다. 하지만 미래 세대가 저 시대 상류층 전체에 대해 오직 키치라는 이미지만 가질 것을 생각하니 애석할 따름이다. 사실 이들에 대해 이제는 좀 더 정확하게 알아야 할 것이기 때문이다.

(야채) 커틀릿

육식을 중단할 좋은 이유가 있다. 가축들이 어떤 환경에서 죽지 못해 살았는지, 어떻게 도축되었는지를 아는 사람이라면 어차피 입맛이 뚝 떨어질 것이다. (하지만 그러면 우리가 얼마나 많은 불편한 일들을 늘 잊어버리는지 또 다시 잊는 셈이다.)

하지만 많은 채식주의자에게는 동물이 아니라 자기 건강이 중요하다. 그들은 다 알다시피 반년마다 바뀌는 그런 과학적 설명과 연구결과들을 지루하게 늘어놓는다. 그들은 우리가 무엇인가를 먹는 것이 오로지 육신을 유지하기 위해서라고 생각하지, 좋은 식사가 인생의 가장 순수하고 고귀한 즐거움 중 하나이기 때문이라고는 생각하지 않는다. 그리고 그들은 고기 먹기를 그만두자마자 곧바로 고기 대용품에 열광한다. 이 맛난 야채 커틀릿을 먹으면 고기 생각이 다시는 안 난다는 것이다. 고기라니, 퉤! 그래도 약간 고기 맛은 나야 한다. 내가 보기에 이들이야말로 멋진 채식주의자이다!

어린이 예배

요즘 유행하는 교육학 관념에 따르면 어린이는 피그미족에 비견되는 별도의 인종 같다. 다른 언어를 쓰고 어른과는 다른 느낌을 가지고 모든 것을 어른과는 다르게 해야 한다는 것이다. 어린이 식사, 어린이 영화관, 어린이 책, 그리고 바로 어린이 예배 같이.

어린이 예배를 발명하기 전 수천 년 동안 대체 기독교인들은 어떻게 종교인이 되었을까? 어린이 예배 없이 어떻게 그런 일이 일어났는지는 그리스정교에서 볼 수 있다. 어른들이 엄숙하게 찬송가를 부르는 몇 시간 동안 어린 아이들은 교회에서 술래잡기를 한다. 그래도 어른들은 전혀 방해받는다고 느끼지 않는다. 너무 심한 개구쟁이들만 때때로 어머니나 아버지가 잠시 품에 안을 뿐이다. 그렇게 아이들은 예배라는 거대하고 복잡한 체계를 전혀 '배우지' 않으면서 그 안으로 들어간다. 이에 반해 우리들은 고등학생 나이에 이르기까지 유치원에서나 하는 어린이 예배를 한다.

부활절에 매우 세심하게 만들어진 어린이 예배를 지켜본 적이 있다. 제단 부근에는 철망으로 만든 커다란 십자가가 세워진다. 학생들은 손에 꽃이나 나뭇가지를 하나씩 들고 앞으로 나가서 철망에 건다. 그러면 십자가는 결국 아주 볼품없고 엉망진창인 꽃꽂이가 되어 버린다. 이 어수선한 행동의 메시지는 '우리 더불어 십자가가 꽃피게 하자'이던가 그랬다. 그다음에 '예수님이 우리와 더불어 긴 길을 걸어가신다'는 내용의 노래를 한 곡 불렀는데, 전자기타가 아주 단순한 코드로 반주했다.

예배는 하느님께 바치는 것이지 어린이들에게 바치는 것이 아니다.◆ 그래서 이런 쓸데없는 행사는 결국 아무한테도 바쳐지지 않는

◆ 예배를 뜻하는 독일어 'Gottesdienst'는 하느님께 바친다는 의미다.

129

다. 왜냐하면 목사나 신부도 정신적으로 상처를 받기 때문이다.

어머니날

화훼 업체들이 자기네 상품을 사람들에게 팔 기회를 최대한 잡으려고 하는 것을 꼭 나쁘게 볼 필요는 없다. 그들은 1920년대에 우리의 영원한 가치에 호소하는 경축일을 발명했다. 누구에게나 어머니가 있다. 이것은 앞으로도 절대 흔들리지 않을 굳건한 토대이다. 언젠가 인간이 시험관에다 대고 '엄마'라고 부르게 될 그때까지는 말이다. 물론 그때가 되면 업체들은 다시 체외수정의 날로 대응하겠지만.

LVMH

대량생산품을 만들면서 고객들에게 독특한 명품이라고 필사적으로 약속하려 드는 프랑스 대기업. 하지만 중국과 베트남에서 생산되는 완벽한 모조품 덕분에 그 효력이 없어진 지 이미 오래.

SUV

독일의 부유층은 오랫동안 주저했다. 독일에서 롤스로이스와 벤틀리는 포주들이나 뮌헨의 양복점 주인들이나 탔다. 재규어도 드물었고, 설령 있더라도 큰 도시에서나 보였다. 벤츠사는 자기 회사에서 제일 큰 모델을 실제보다 작게 보이게 하려고 노력했는데, 대개 성공했다. BMW도 마찬가지로 의전용 고급차량 같은 인상을 주지 않으려 했다. 기술적인 면이나 편리성을 강조했지, 호화롭거나 휘황찬란하게 보이는 면은 의식적으로 축소했던 것이다.

그러나 이제 최대한 으리으리하게 보이고 최대한 덩치가 크고 주차장 자리 세 개쯤을 한 번에 차지하면서도 그렇게 속물적이고 보수적이고 따분하게가 아니라 날렵하고 거칠고 진보적으로 보여야 한다는 문제에 대한 해법을 마침내 찾아냈다. 이전까지는 황야의 캠프에 가거나 케냐 사파리 여행을 하거나 카르벤델 산맥에서 사냥을 하는 사람들만 지프나 랜드로버 같은 차를 타고 다녔다. 거기에는 총기나 잡은 노루도 어렵지 않게 집어넣을 수 있었고 맥주 한 상자쯤 넣을 공간도 충분했다. 이 차들은 속력은 빠르지 않았지만, 노면 상태가 나쁜 길을 위한 차들이었기에 속력이 빠를 필요도 없었다.

코스튬 의상☞이나 바버 방수코트나 이와 비슷한 시골풍 옷이 오염되지 않고 순수한 것들에 대한 어마어마한 미학적 허기를 지닌 도시로 밀고 들어온 것과 마찬가지로, 이제 농장 주인이나 산지기들이 타는 SUV 차량이 들어왔다. 자연과의 접촉이라고는 저녁에 개를 데리고 산책하는 정도였던 사람들이 이제 이런 커다란 차를 타고 다닌다. 도시형 SUV는 검은색이다. 그리고 검푸른 색의 창문은 그 안의 사람들에 대한 호기심을 불러일으키는 동시에 들여다보지는 못하게 하는 두 가지 기능을 한다. 런던에서는 이런 SUV를 '도시 경운기'라고 폄하하여 부른다. 런던의 첼시와 켄싱턴 지역 사람들은 이제 스프레이 깡통에 든 점토를 사서 차에 뿌린다. 이 차를 타고 정말로 시골의 자기 영지로 가는 것처럼 보이려고.

이런 차들에서 단 한 가지 좋은 점이라면 예전의 마차처럼 높이 앉을 수 있다는 점이다. 그 외에는 이 차의 기능은 하나뿐이다. 좁아터진 대도시에서 스코틀랜드 고원의 사슴이 발정기에 내는 울음소리를 낸다는 것이다. "내가 여기 있소이다! 나는 자식들을 이 화물차에 태워서 발레 교습소로 데리고 갑니다! 내 아내는 이걸 타고 미용실로 가지요! 우리는 당신들처럼 길들여진 시민이 아니오! 우리는 따분한 일상을 벗어나 있소!"

여론조사

동네 사람들을 상대로 조그만 가게를 하는 사람은 손님들의 의견을 매일 직접 들을 수 있다. 그는 '되는 것이 무엇인지', 그러니까 소중한 소수의 손님을 위해 어떤 물건을 준비해야 하는지, 어떤 물건은 팔리지 않는지를 즉시 알 수 있다. 그러나 거대한 시장에 내놓을 상품을 생산하는 사람, 가령 딸기맛 치약 백만 리터를 생산하려는 사람은 사람들이 그걸 살지를 우선 알아보아야 한다.

이러한 비즈니스를 위해 사회학을 활용하기 시작한 것은 미국인들이다. 그들은 새로 개발한 이런 절차에 이름을 붙이기 위해 의학적 울림이 나는 단어를 골랐다. '여론조사Demoskopie'는 '직장경 검사Proktoskopie'의 울림이 있는 것이다. 그러니까 대중의 장을 들여다보고 무엇을 소화할 수 있는지 알아내려는 것이다.

이런 설문 기법은 그동안 어마어마하게 정교해졌다. 여론조사 전문가들의 실력은 치하하지 않을 수 없다. 여론 향방을 믿을 만하게 그리기 위해서 이제는 면밀하게 선정된 1천 명에 대한 설문만으로 충분하다. 이런 숫자는 우리의 개인주의 숭배 경향에 대해 다시 생각해 보게 한다. 우리 모두는 대략 8만 명씩 묶인 꾸러미 가운데 적어도 하나에 속하기 마련이며, 그렇다면 우리는 외톨이라고 볼 수 없다. 유일한 위안이라면, 여론조사 대상인 이 수천 명도 자기가 현재 무엇을 생각하는지만 알 뿐, 앞으로 무엇을 생각하게 될지는 모른다는 사실이다.

연방공로십자훈장

훈장은 원래는 종교적 단체, 즉 수도사 혹은 수녀들이 모인 수도회[*]를 말한다. 그러나 십자군 전쟁 중에 기사들이 평신도 수도회를 조직했다. 성배를 찾고 과거 기독교 영토를 되찾으려는 전쟁을 세속적 전쟁과 구별하려 한 것이다. 성당기사단, 몰타기사단, 독일기사단에 속한 그 기사들은 성지를 향해 진군할 때 외투에 양털 십자가를 달았는데, 그것이 바로 최초의 '수도회 십자가(십자훈장)'였다.

오늘날까지도 이런 수도회 방식으로 만들어진 단체들이 여럿 있는데, 이들은 회원들에게 십자훈장을 수여하고, 기존 회원이 사망해야 신입 회원을 받아들인다. 황금양털 훈장, 영국의 가터 훈장, 독일의 푸르르메리트 훈장 등이 이런 것이다.

특히 바로크 시대 이래로 십자훈장은 꼭 수도회와 관련이 없더라도 (**문장**紋章 ☞ 수여와 마찬가지로) 영주들이 귀찮은 의무에서 벗어나기 위한 수단으로 인기가 높았다. 칭송이나 보수를 요구할 권리가 있는 사람에게 훈장을 내린 것이다. 운 좋으면 반짝이는 다이아몬드도 몇 개 붙여 준다. 이 자의적 표창 방식을 공화국들도 넘겨받았다. 조지 오웰의 《동물농장》을 보면 다른 돼지들보다 우월하고자 하는 돼지들이 나온다. 돼지를 넘어서려는 이러한 욕구를 충족시키기 위해 가슴에 훈장을 달아 주었다.

◆ 독일어 Orden은 '훈장'의 의미와 '수도회' 혹은 '기사단'의 의미를 지님.

 2차 세계대전 이후 독일연방공화국(서독)에서는 과거의 이런 훈장 수여 관습이 문제가 되었다. 군복 윗도리나 여성 블라우스에 온갖 표창이나 메달을 주렁주렁 달았던 저 시대를 기억하고 있는 사람들은 훈장을 없애기를 바랐다. 어쩌면 그게 좋았을지도 모른다. 왜냐하면 연방공로십자훈장을 처음 만들었을 때 그것은 이도저도 아니었기 때문이다. 1950년대의 미적 취향으로 쪼그라든 이 조그만 십자가보다 더 초라한 훈장도 세상에 없을 것이다.

 제대로 된 훈장이라면 모름지기 그것을 받을 자격이 없는 자들에게 수여되어야 하는 법이다. 유감스럽게도 연방공로십자훈장은 그렇다고 하기 힘들다. 지금까지 이 훈장은 20만 건 이상 수여되었는데, 서훈자가 그렇게 많다면 단순히 통계적으로 보아도 개중에 자격 있는 사람도 있을 것 아닌가. 앞으로는 대학자격시험에 통과하기만 하면 연방공로십자훈장을 주자는 제안도 있지만 이 제안이 받아들여지기는 힘들다. 그러면 이 훈장은 너무 엘리트를 위한 것이 될 테니.

영화 더빙

영화 더빙이 얼마나 쓸데없는지를 처음 깨달은 것은 일본 영화 전성기의 어떤 영화를 보았을 때이다. 영화는 더빙되지 않았고 독일어 자막만 깔렸다. 내 일본어는 형편이 없었으니 다행이었다. 영화에서 사랑의 장면을 잊을 수 없다. 머리는 반쯤 깎고, 스모 선수처럼 뒷머리는 묶은 사무라이 복장의 젊은 남자가 애인에게 사랑을 고백하는데, 그 소리는 화가 치밀어 짖어대는 것처럼 들렸다. 그의 입에서는 날카롭고 공격적인 소리가 폭포처럼 쏟아지는데 자막은 이렇다. "당신은 봄날 저녁 안개 사이로 보름달이 비출 때의 살구꽃 같습니다." 만일 텔레비전에서 방영한 영화들을 통해 내게 익숙한 어떤 성우 목소리로 더빙되어 있었다면 그 효과는 완전히 달랐을 것이다. 우선 그 희극적 요소가 사라졌을 것이다. 그리고 이 영화에서 특히 매력적인 저 낯설고 이국적인 느낌도 사라졌을 것이다. 그런 분노를 가지고도 그토록 시적일 수 있음을 절대로 알지 못했을 것이다.

배우의 예술적 표현에 있어 가장 고유한 수단인 목소리를 지워버리고 다른 목소리로 대체한다는 것은 그야말로 정신 나간 생각이 아니던가? 영화음악에서 나타나는 이런 현상은 누구나 안다. 똑같은 장면에 서로 다른 음악이 깔리면 그 장면이 유쾌하게 보일 수도 있고 위협적으로 보일 수도 있다는 것을. 목소리도 마찬가지이다. 게다가 독일어 자막을 영어나 프랑스어의 입말과 맞추려면, 번역을 할 때 어쩔 수 없이 타협해야 한다. 영화의 대사는 배우에, 그리고 그의 목소리 특징에 딱 맞아야 한다. 이것이 잘 되면 대사는 배우에게 마치 장갑처럼 손가락 하나하나 꼭 들어맞는다. 그런데 더빙하는 성우가 등장해서 그 위에 벙어리장갑을 뒤집어씌우는 것이다.

예의

예의는 없어도 좋은가? 어떤 상황에서는 그렇다. 지금까지 내가 살아 오는 동안 가장 인상적이었던 사람은 매형인 요하네스 폰 투른 운트 탁시스 후작*이다. 그는 세기말적 인물이다. 요하네스는 레겐스부르크에서 김나지움에 다닐 때 히틀러유겐트들에게 피투성이가 되도록 맞곤 했던 일을 즐겨 이야기한다. 그가 그렇게 집에 돌아오면 아버지는 부드럽게 일렀다. "그 앞잡이들이 너를 때릴 때면 성 세바스찬을 생각하거라. 그분은 아버지 하나님의 영광을 위해 고통을 참으셨지."

한번은 요하네스가 당시 독일 수도 본에서 열린 어느 리셉션에서 연방대통령 리하르트 폰 바이츠제커 면전에서 아무렇지도 않다는 듯이 이렇게 말하는 것을 나는 직접 목격했다. "대통령님, 귀하가 엘리트 학교에 다닐 적에 제 아버지는 정치범으로 레겐스부르크 감옥에 갇혀 있었습니다." 그리 예의 바르지는 않았지만 잊지 못할 장면이었다.

얼마 전 나는 베를린 그루네발트의 중국 대사관저 만찬에 초대받았다. 다시 초대받기를 열망하는 손님인 나로서는 이 만찬이 까다로운 도전이었다. 어떻게 해야 두 시간 동안 흥미로운 주제는 모두 피해갈 수 있을까? 가령 중국 노동자 인권이나 저임금 국가의

◆ 독일의 귀족이자 부호로서, 이 책의 저자 알렉산더 폰 쇤부르크 백작의 누나와 결혼했다. 그의 아버지는 히틀러 반대자로서 구금을 당하기도 했고 아들이 히틀러유겐트에 가입하는 걸 반대했다.

노동 조건 등은 흥미롭지만 무례한 주제였다. 나는 이 문제에 있어서 우리 유럽인들의 태도를 정곡으로 찌르는 타임지의 어느 광고를 머리에서 떨칠 수 없었다. 그 광고에는 신발 공장에서 뼈 빠지게 일하는 아이 사진이었고 그 옆에는 "도덕적일까요? 정당할까요?"라고 적혀 있었다.

그러나 우리는 오로지 (가령 세계화된 지구촌에서 최악의 음식 중 하나인 '썩힌 오리알' ◆등) 음식에 대해서만 이야기하느라 두 시간을 보냈다. '썩힌 오리알'에 대해 비판했다면 무례한 일이었을 것이다. 하지만 조금만 무례했다면 그날 밤은 더 흥미로웠을 것이다.

외국인 공포

외국인 공포Xenophobie는 전 세계 모든 부족과 민족에게 잠재되어 있다가 유달리 궁핍한 시대에 폭발하는 위험천만한 집단 성향이다. 그와 정반대인 외국인 애호Xenophilie 역시 그리스어에서 나온 말이다. 정치적으로 매우 올바른 사람들은 이른바 대안 모임에서 귀족이나 부자, 기타 '잘난 놈들'에 대해 험담을 할 때 한 가지 유념해 둘 것이 있다. 외국인에게 친절하고 심지어 외국인을 친구 집단으로 들이는 것이야말로 그들이 그렇게 욕하는 상류층이 노상 보여주는

◆ 피단(皮蛋). 오리알을 석회 따위가 함유된 진흙과 왕겨에 넣어 노른자는 까맣게, 흰자는 갈색의 젤리 상태로 삭힌 중국 요리.

모습이다. 상류층의 룰은 친구 집단이 국제적으로 다양할수록 자신이 더 화려해 보인다는 것이다.

그래서 아주 부자거나 아주 가난한 사람들이 때로는 외국인 애호를 두드러지게 보인다. 가난한 민중들 사이에는 예나 지금이나 손님의 권리는 성스럽다. 그래서 낯선 나그네를 위해 때로는 집에 마지막 남은 닭까지 잡아 대접한다. 이에 비해 외국인 공포는 중간 계층의 특징이다. 중간계층은 '낯선 사람'이 빼앗아갈지도 모른다고 두려워할 딱 그 정도만 소유하고 있다. 그리고 경제위기가 닥치면 외국인에 대한 반감은 아주 추악하면서도 겉보기에는 사회적으로 용인될 만한 표정으로 바뀐다. 바로 이웃의 '저임금 국가'에서 들어온 노동자들에 대한 두려움이다. 숭고한 사회적 기본 원칙들을 진지하게 여긴다면, 우리는 나누는 법을 배워야 한다. 그리고 우리 국경 너머에서 일어나는 일이 우리와 아무런 상관이 없다는 환상, 체코의 가정은 니더바이에른의 가정보다 노동과 수입에 대한 권리가 더 적다는 환상에서 벗어나야 한다.

요트

유로화 도입 이후에 나는 친한 억만장자에게 물었다. 그와 같은 부자들에게 이 화폐개혁이 굴욕적이지는 않은가? 왜냐하면 독일 마르크화로는 억만장자라고 불릴 수 있던 많은 사람들이 유로화로 전

환한 뒤에는 기껏해야 백만장자 급으로 떨어졌기 때문이다.♦ 아니면 마르크 시절의 억만장자들도 그 명예를 지켜 주기 위해 유로화 억만장자 클럽에 계속 남겨 두는가? 그는 이렇게 대답했다. "그렇지는 않지요. 달러나 유로화 기준으로 억만장자인 사람만 그 클럽에 들 수 있지요."

그렇게 본다면 유로화 억만장자는 단번에 이전의 억만장자보다 두 배는 부자가 된 것이고, 그래서 정말 심각한 한 가지 문제에 직면하게 되었다. 이 돈으로 뭘 하지? **지중해 골프장**☞에 투자하거나 경주마를 모을 수도 있고 영화사를 사거나 축구팀을 운영할 수도 있다. 인상파 미술품 경매에서 낙찰가를 터무니없이 올릴 수도 있고, 나폴레옹의 지하실에서 나온 와인에 얼음을 넣어 마실 수도 있다. 하지만 그래도 돈은 줄어들지 않는 것 같다. 그럴 때면 요트를 하나 더 산다. 최소한 길이 50미터에 뱃머리는 상어처럼 생긴. 거기서 식사를 하면 밥맛이 더 좋다. 유지비가 하도 많이 들어서 불쾌한 금전문제를 상당 부분 해결할 수 있을 것이다.

그러나 요트 소유자의 진짜 문제는 끊임없는 수리나 유지비용이 아니라 손님들이다. 함께 요트를 탈 수 있을 가장 순도 높은 사람들은 초대할 수 없다. 그들 자신이 호화 요트를 가지고 있으니까. 배우나 팝스타나 탑모델 같은 다른 매력적인 손님들은 대부분 일정이 꽉 차 있다. 그러니까 이들보다는 덜 화려하지만 늘 초대가

♦ 유로화 도입 시 1유로는 약 2마르크로 계산되었다.

가능한 사람들은 주업이 손님인 사람들뿐이다.

　프리드리히 카를 플릭*은 다이애나 2호라는 요트를 가지고 있을 당시에, 어차피 언제라도 부를 수 있는 박수부대인 의사나 변호사들 외에 진짜 손님들을 꾀기 위해 백방으로 애를 썼다. 그는 거부하기 어려운 온갖 서비스를 얘기하며 초대장을 썼다. 플릭의 비서들은 언제 오기를 원하는지 예의 바르게 문의했다. 비행기 이륙 세 시간 전에 운전사가 와서 짐을 실어가고 그다음에는 손님도 실어간다. 손님이 사는 지역의 공항에서 개인 비행기를 타고 예를 들어 이탈리아 사르데냐의 올비아로 날아간다. 그러면 거기에서 기다리던 헬기가 다이애나 2호로 데려간다. 요트의 스위트룸에는 짐이 이미 장에 잘 정리되어 있다. 양복과 야회복은 잘 다림질되어 있고 셔츠와 폴로 티는 색깔별로 기하학적 질서로 쌓여 있다. 이 64미터 길이의 요트에는 다양한 데크와 살롱들이 많기에 배에 오래 있더라도 혼자만 있을 수도 있다.

　플릭이 이 배를 팔아 치운 이유는 이탈리아인 선장이 배를 수리할 때마다 비용을 20% 올려 청구해서 자기 노후자금으로 착복했다는 사실을 알았기 때문이다. 아무리 거부라고 해도 예산에 신경을 써야 하는 이 시대의 트렌드는 전세 요트이다. 하지만 솔직히 말해 보자. 여러분 같으면 전세 요트에 초대받고 싶겠는가?

◆ Friedrich Karl Flick, 1927-2006, 독일-오스트리아의 기업가이자 억만장자.

욕심

욕심은 일곱 가지 죽을죄에 속한다. 그리고 광고에서 떠드는 것과 달리 욕심은 그리 근사하지도 않다.

욕심에서 벗어나는 좋은 방법 중 하나는 진짜 어리석은 일에 돈을 쓰는 것이다. 예를 들어 어떤 보답도 받을 가망이 없는 사람에게 선물을 하는 것이다. 내 아내는 이런 일에 나보다 훨씬 탁월하다. 그녀의 방탕한 선물 축제가 벌어질 때마다 나는 이를 막기 위해 "그러면 우리는 무얼 돌려받는데?"와 같은 아주 속물적 논리를 들이대지 않기 위해 아랫입술을 꼭 깨문다. 아내는 나보다 훨씬 우아하기 때문이다. 아내의 선조 중 한 사람은 튀링엔의 성녀 엘리자베트인데, 그녀가 바로 이렇게 아낌없이 선물을 주는 일로 유명했던 것이다. 아내에 대해 이야기를 하자면 너무 길어질 것 같다.

선물을 할 때 실용적이고 합리적으로 생각하지 않는 것이야말로 최고로 우아한 일이다. 이런 점에 있어서는 한때 북미의 많은 인디언 부족들에게 널리 퍼져 있던 포틀래치 관습이 최고이다. 포틀래치는 일종의 축제인데, 참가자들은 자기 재산, 모피, 옷, 장신구 등을 서로에게 마구 주거나 파괴함으로써 스스로를 과시한다. 자기 것을 제일 많이 포기하는 사람이 가장 고귀한 사람이다.

우울증에 대한 토론

우울증은 우리가 생각할 수 있는 병 중에서 가장 무시무시한 병이다. 장기는 모두 제대로 돌아가고 겉보기에 우리는 건강해 보인다. 하지만 눈빛은 공허하다. 이리저리 돌아다니는 그 사람은 살아있어 보이지만 실은 죽은 사람이다. 우울증 환자는 종종 단 하나의 생각도 할 수 없다. 신문 기사 하나도 읽을 수 없고 전화 통화 한 번도 할 수 없다. 어떤 기쁨도 없고 바로 옆 사람에게 공감하는 것도 전혀 불가능하다. 남아 있는 것은 끝없는 불안뿐이다. 그러나 이런 깊고 어두운 골짜기에서는 더 이상 두려워할 게 없다. 이미 가장 무시무시한 상태이기 때문이다.

하지만 이런 최악의 상태까지는 아직 도달하지 못한 우울증 환자들은 주위 사람들을 정말 난감하게 만들며 그들마저 진짜 우울증과 비슷하게 만든다. 우울증에 걸리면 모든 것에 대해 **비관주의**☞에 빠진다. 주변 사람들이 그 사람이 환자임을 마침내 깨닫기만 해도 커다란 진전이다. 세상에 대한 그의 어두운 의견을 반박하기 위해 몇 시간에 걸쳐 애정 어린 대화를 나누어도 헛된 일이다. 사실 우울증 환자는 그런 대화들을 통해서 오히려 정말로 자기 입장을 굳힌다. 우울증 환자에게는 인생은 즐겁다는 충고는 쓸모없다. 그에게 필요한 것은 의사이다.

어느 우울증 환자 아들이 내게 이런 말을 했다. "우울증 환자를 돕는 유일한 방법은 그를 이해하지 않는 것입니다." 다소 거칠게 들리지만, 정곡을 찌르는 말이다.

운전면허증

운전면허증이 필요없다고 말하는 것은 우리 모두를 먹여 살리는 국민경제에 상당히 심각한 타격을 가하는 것이다. 왜냐하면 운전면허는 부가가치를 가져오고 그런 부가가치가 이 책 같은 것들을 만들수 있게 하니 말이다. 국민의 거의 절반이 어떤 식으로든 자동차 산업에 의존하고 있다면, 운전면허증을 없애는 것은 그야말로 국가전복을 시도하는 것이다.

  기본적으로 국가는 모든 국민이 운전면허증을 따도록 강요해야할 것이다. 독일에서 얼마나 많은 사람이 면허증이 없는지는 모르겠다. 하지만 이렇게 강제 면허증이 도입된다면 엄청난 경제성장을 가져올 것이라고 생각한다. 우리에게는 자유라는 사치가 너무도 많다. 그리고 그런 사치를 부릴 시간은 이제 거의 끝나간다. 그러니까 아직 허용될 때까지라도 즐기기 바란다!

  운전면허증은 도시에 사는 사람들에게만 불필요하다. 농어촌은이제 너무 황량해져서 물건을 사거나 병원을 가려면 차가 필요하다. 그러나 도시에서는 자전거를 탈 수 있다. 자전거를 타면 모든걱정은 사라지고 몸과 마음이 즐겁고 싱싱해진다. 유감스럽게도우리가 의존하는 대중교통이 항상 미더운 것은 아니다. 아마도 일부러 그럴 것이다. 왜냐하면 사람들이 승용차를 타게 만들어야 하기 때문이다. 물론 예정보다 일찍 와서 휙 지나가 버리는 저 악명 높은 막차를 놓치지 않기 위해 신경을 곤두세우는 일은 귀찮을 수 있다. 하지만 막차를 놓치더라도 택시를 타는 것이 자기 차를 타는 것보다 훨씬 싸다. 또 한밤중에 산책 삼아 오래 걷는 일도 마치 명상하는 것처럼 좋다. 게다가 면허증 없는 사람들은 대개는 이야기를 잘 하고 그래서 사람들이 자기 차에 잘 태워 준다. 그들은 운전자에게 이러쿵저러쿵 **조언**☞을 늘어놓지 않으며 모범적인 참을성을 지니고 있다. 기껏해야 조금 거만할 뿐이다. 면허증 없는 그런 사람들 중에는 흥미진진한 사람이 많다.

원탁

아서왕이 수하의 영웅들을 식탁으로 불러들인 이래로 원탁은 서양사에서 마력을 지닌 거대한 이미지가 되었다. 신화의 시대인 당시에 이미 원탁은 지금과 같은 상징성이 있었다. 즉 거기 앉는 사람들의 지위가 동등함을 상징한 것이다. 아서왕은 가웨인과 호수의 기사 란슬롯을 비롯한 모든 이를 '페어스pairs'라고 불렀다. 이들은 아서왕과 동등하게 고귀했으며, 아서왕은 디만 왕관을 쓰고 충성 맹세를 받았다는 점에서만 달랐다.

비스마르크는 한 번은 원탁에 앉았지만 그렇다고 자기 체면이

깎였다고 생각하지 않았다. "내가 앉는 곳이 늘 위다." 다만 원탁에 앉으면 누구나 이야기할 수 있다. 그래서 원탁은 외교 사안에서 인기가 높다. 홀에 원탁들만 가득 채워두면 의전 문제는 상당 부분 사라지기 때문이다. 초청자들이 원탁을 좋아하는 또 다른 이유는 몇 명이라도 끼어 앉을 수 있기 때문이다. 게다가 불참자의 식기를 치우기도 훨씬 쉽다.

그러나 공식 만찬이나 외교 만찬에 원탁이 잘 어울린다는 말은 잘 가려들어야 한다. 그렇다고 이런 행사가 즐거울 수는 없기 때문이다. 이런 자리에서는 탁구대만한 커다란 원탁들이 놓인다. 마주 보고 앉은 사람들은 서로 2미터 이상 떨어져 있다. 그러면 계속 얼굴을 보지만 이야기를 나눌 수는 없다. 이야기는 바로 옆에 앉은 두 사람과만 나눌 수 있다. 그 두 사람이 고개를 반대쪽으로 돌리고 있으면 혼자 남게 된다.

사람이 꽉 찬 연회장에서 고독해지는 일은 원탁일 때 가장 자주 일어난다. 그러면 '호사, 평온 그리고 쾌락♦'의 감정을 불러일으키는 으리으리한 식탁 장식들을 보며 명상에 잠길 절호의 기회이다. 벌떡 일어나서 집에 가는 일은 애석하게도 때로는 불가능하다.

♦ 앙리 마티스의 그림 제목.

웰니스Wellness

'웰니스◆' 추종자는 어마어마하게 많다. 꼼짝도 하지 않는 우리의 일상생활에 완벽하게 어울리기 때문이다. 수동적 태도가 곧 스포츠가 된 셈이다.

유명인 자녀

최근에 나는 어떤 저녁식사에서 런던에 사는 이탈리아인 옆에 앉았다. 그녀의 어린 아들은 마돈나 딸 루르드와 같은 학교에 다닌다. 루르드는 그 아이를 초대하면서 조그만 쪽지를 주었다. 거기에는 "루르드는 (날짜)에 (장소)에서 당신을 만나기를 바랍니다"라고 인쇄되어 있었고, 아이 부모에게 서명해서 회신해 달라는 글이 예의 바르게 적혀 있었다. 이렇게 서명을 하면 자기 자식이 방문하는 동안 어디에 있는지에 대해 전혀 몰라도 좋다는 데 동의하는 셈이다. 물론 경호 문제 때문이다. 내 옆에 앉은 여자는 서명하지 않았다고 한다. 나라면 딸을 당연히 보낼 것이다.

나도 학교에 다닐 때 우리 학교에 유명인 자녀들이 있었다. 그중

◆ 웰빙(Well-Being)과 행복(Happiness)이 합쳐진 단어. 개인의 능력이 최대로 발휘되고 질적으로 향상된 삶을 누릴 수 있는 건강상태 또는 그러한 상태를 달성하기 위한 방식을 의미함.

하나는 로베르토 블랑코◆의 딸이었다.(이 딸은 종종 **퀴즈 프로그램**☞ 방청석에서 자기 아버지 옆에 앉아 있곤 했다.) 또 다른 아이는 베켄바우어■의 아들이었다. 한 번은 뮌헨의 발트루데링에 있는 베켄바우어 집에서 잔 적도 있다. 이 세상의 가장 은밀한 곳에 들어간 기분이었다. 앞으로 내 아이들이 누구와 함께 학교에 다닐지 무척 궁금하다. 물론 우리는 베를린에 살기에 아마도 언론인이나 정치인의 아이들이 될 공산이 크다. 따분한 일이다.

유엔

이 '세계정부'가 얼마나 엉터리인지 깨닫기 위해서는, 제네바에 있는 유엔 인권위원회 회원국들을 살펴보면 된다. 부탄, 중국, 쿠바, 이집트, 말레이시아, 파키스탄, 카타르, 사우디아라비아, 수단, 우크라이나, 짐바브웨도 회원국이다.

의견들

지적으로 쓸데없는 것들을 청소하려는 사람이라면 자기 의견도 검

◆ Roberto Blanco, 튀니지 출신의 가수이자 영화배우.

■ Franz Beckenbauer, 독일의 유명 축구선수 출신으로 독일 국가대표 축구팀 감독을 역임한 바 있다.

토해 볼 생각을 해야 한다. 우리는 우리 의견이 성격을 이루는 한 요소라고 때때로 생각한다. 의견이 없다면 우리는 무미건조하고 매력도 없을 것이다. "네 의견을 만들어라!" 이런 계율은 몸을 만드는 보디빌딩을 떠오르게 한다. 그리고 보디빌더가 자기 골격에 맞지도 않는 그로테스크한 근육을 자랑스럽게 과시하는 것처럼, '의견이 강한 사람'도 도발적이거나 적어도 흔들림 없는 자기 의견들을 과시한다.

우선 간단한 연습을 해보자. 정확히 알지 못하는 것에 대해서는 아무 의견도 말하지 않는 연습이다. 터키를 EU에 받아들여야 하나? "모르겠네요. 그게 어떤 결과를 낳을지 저는 내다볼 수가 없어요." 세계화에 대해서는 어떻게 생각합니까? "모르겠네요. 경제학에 대해서는 잘 몰라요. 그래서 세계화에 어떤 장단점이 있는지 판단할 수 없지요." 찰스 왕세자가 정부와 재혼한 것이 좋다고 생각해요? "모르겠네요. 두 사람에 대해 잘 모르고 두 사람이 어떻게 살지에 대해서도 별 관심이 없어요. 그 사람들이 내가 어떻게 살지 관심이 없는 것과 마찬가지지요."

우리가 잘 아는 것은 실로 매우 적다. 모든 것을 굽어보고 있다고 주장하는 사람을 우리는 '제너럴리스트'라는 멋진 단어로 부른다. 우리는 매일 신문을 읽으면서 이런 사람들이 하는 말에 의존하기는 하지만, 그래도 이렇게 잘 안다고 당당하게 나서는 사람들은 미덥지 않다. 어떤 것에 대해 정말 잘 아는 사람은 보통 아무 말도 하지 않는 법이다.

이미 소크라테스도 박학다식의 결과는 무지라고 말했다. 물론 아무리 그래도, 어떤 사람이나 해결책이나 태도에 대해 우리가 거의 몸서리칠 만큼 공감하거나 혐오할 수는 있다. 그러나 이는 여기에서 다룰 문제는 아니다.

의전절차

의전절차는 원래 어떤 껄끄러운 문제나 안전상 문제가 발생하지 않도록 방지하려고 하는 것이다. 하지만 독일에서는 바로 온갖 의전절차들 때문에 이런 일이 생긴다. 그렇다고 의전절차를 모두 생략하는 것은 불가능할 것이다. 하지만 슈투트가르트 상공회의소 의장이 우간다 외무장관을 위해 개최한 만찬에서 어디에 앉는지는 사실 아무래도 좋은 것이 아닐까? 이런 만찬에서는 어차피 아무도 말을 하지 않으니까.

이모티콘

: (

이벤트

이벤트란 사실 광고를 위한 행사를 진짜 파티처럼 보이게 하는 행사들이다.

특히 베를린이 이런 이벤트의 과잉에 시달리고 있다. 거기에는 이렇다 할 사교계(**베를린 사교계**☞)가 없기에, 이자 그래핀 하르덴베르크◆가 입구에 서서 손님들을 맞이하면서 여주인 역할을 한다. 이런 행사의 기능은 사진 찍히자마자 그 자리를 떠나서, 보르샤르트 Borchardt나 파리스바Paris Bar 같은 레스토랑에 앉아 방금 들른 이따위 이벤트가 얼마나 쓸데없는 짓인지 흉본다는 데 있다.(**칵테일 파티**☞)

익살스러운 콘돔

어떤 관점에서 보면, 익살스러운 콘돔이라는 아이디어는 너무 당연하게 느껴져서 왜 수백 년 전에 발명되지 않았을까 궁금해질 정도이다(아마 생산이 기술적으로 어려워서였을 것이다). 왜냐하면 우리 몸의 여러 성적 특징들을 돋보이게 하고 크게 만들고 치장하는 것은 사랑 자체만큼이나 오랜 역사를 지녔기 때문이다. 머리카락에 물을 들이고 음모를 제모했다. 가슴을 처음에는 코르셋으로, 나중에는

◆ Isa Gräfin Hardenberg, 독일의 유명 이벤트 회사 대표.

실리콘으로 크게 만들었다. 르네상스 시대에는 농부건 국왕이건 할 것 없이 남자라면 누구나 커다란 코드피스◆를 착용했는데, 이는 아프리카와 아마존 원시부족들의 풍습을 연상시킨다. 에로티시즘의 욕망은 한이 없고 또 다시 새로운 욕망들을 만들어 낸다. 성이라는 영역에서 이상하게 보일 수 있는 모든 것들은, 어떤 시대 혹은 누군가의 머릿속에서는 귀신에 홀릴 정도로 매혹을 불러일으켰던 것들이다.

익살스러운 콘돔이라는 아이디어는 물론 악동의 머리에서 나왔을 것이다. 정신적으로 아직 초등학생인 누군가의 머리에서. 초등학교 때는 콘돔을 주로 물을 가득 넣어서 학교 운동장에서 터뜨리는 데에 사용했었으니까. 남성 성기를 노랗고 검은 줄무늬를 지닌 꿀벌 마야처럼, 조그만 녹색 선인장처럼, 아니면 크고 연한 귀를 가진 미키마우스처럼 장식한다는 아이디어 자체는 매력이 없지 않다. 적어도 매우 초현실주의적 재능이 있음을 보여준다. 다만 이 순진무구한 발명가는 한 가지를 잊었다. **섹스**☞가 우스꽝스러운 것은, 온갖 영화 장르 중에서 가장 불필요한 소프트 포르노 코미디 영화에서나 그렇다. 진짜 인생에서는 섹스에 유머란 전혀 없다. 카사노바 식으로 말한다면 "남근은 생각하지 않는다." 남근은 생각하지 않을 뿐 아니라 절대 웃지 않는다. 그래서 그 자체로는 재미있는 익살스러운 콘돔은 이렇게 쓸데없는 물건 목록에 오르게 된 것이다.

◆ codpiece. 15∼16세기 남자 바지 앞의 장식 주머니.

인스턴트식품

그래, 예전에는 어땠는지 우리 모두 안다. 아침 7시면 벌써 주부가 점심식사를 준비하기 시작한다. 부뚜막에는 고깃국이 든 큰 솥이 팔팔 끓는데, 그 고기 국물을 모든 요리에 넣어 풍미를 더한다. 간단한 요리들도 오랫동안 준비를 해야 했다. 요리는 주부의 주된 일이었지, 다른 일을 하면서 쓱싹 해치울 수 있는 일이 아니었다. 보글보글 끓이고 우려내고 한동안 기다린다는 등의 표현은 요리에 시간이 꽤 걸림을 보여준다. 그러면 거기에서 좋은 것이 나오는 것이다.

그렇다. 예전에는 그랬다. 하지만 이제는 그렇지 않다. 시간이 없을 뿐 아니라 때로는 밥을 같이 먹을 사람도 없다. 혼자 먹으려고 그렇게 정성껏 요리하는 사람은 거의 없다. 식사는 여럿이 함께 하는 일이다. 수많은 싱글들이 이 점을 증명한다. 그들은 집에서 냉장고 문을 열어 둔 채로 식사를 해치우는 것이다.

혼자 있으면 사람들은 허겁지겁 무언가 입에 집어넣기에 급급하다. 그러면 인스턴트식품이 왜 나쁘겠는가? 냉동실에서 꺼내서 전자렌지에 돌리면 끝이다. 곧바로 접시에 올리면 맛있게 보글거리고 예쁜 색깔을 낸다. 대개의 경우 노랗게 반짝이는 옥수수가 있기 마련이고, 브로콜리도 에메랄드빛이 난다. 직접 요리하면 결코 얻을 수 없는 색이다. 스프도 진하다. 모두 맛이 강하고 양념이 강하다.

빠에야 볶음밥*과 나지고랭 볶음밥*, 중국 잡탕밥, (1930년대부터 인기 높던) 보르드레즈▲ 스테이크등으로 식도락 세계여행을 할 수 있다. 물론 비행기에서 코딱지만한 식탁 위에 저 악명 높은 기내식을 올려 놓고 먹는 것과 마찬가지이다. 이렇게 적당히 짜고 소스가 많고 글루타민이 듬뿍 들어 있는 양념이 강한 기내식 메뉴를 자기 집 부엌에서 일주일 먹고 나면 스트레스에 찌든 여행객이 된 기분일 것이다. 그러면 햄 끼운 빵 한 조각이 얼마나 좋은지 깨닫게 된다. 당근을 갈고 레몬을 뿌린 것이 얼마나 맛있는지 깨닫게 된다. 토마토와 정어리 통조림이 얼마나 만족스러운지 알게 된다. 달걀 프라이는 기막힌 음식이다. 버터를 바른 따끈한 감자는 환상이다. 거기에 응유 치즈를 곁들이면 더욱. 그러면 일주일 동안 인스턴트 식품을 먹지 않아도 전혀 생각이 나지 않는다.

인앤아웃 목록•

이런 목록 자체가 아웃이다.

■ Nasi Goreing, 인도네시아식 볶음밥.

◆ Paella, 스페인식 볶음밥.

▲ bordelaise, 전통적인 프랑스 소스로서 브라운 소스에 포도주, 양파, 당근, 샐러리, 월계수잎 등을 넣어 만든 보르도식 소스.

● 여러 분야에서 인기가 오른 것과 내린 것을 정리한 목록.

인장 반지

이상한 일이다. 급이 낮은 귀족일수록 인장 반지는 더 크다.(**문장**☞)

(인조) 벽난로

이 지상에서 벽난로 불만큼 안락한 것이 또 있을까? 모든 민족의
관념에서 한 가족이 거주하는 집은 그 집의 불과 동일시된다. '집
화덕'이라는 관용어는 단란한 가정을 뜻한다. 성과 수도원에 수많
은 벽난로가 있지만 독일은 이제 난로의 나라가 되었다. 프랑스나
잉글랜드보다 추워서 그런가? 아니다. 그보다는 취향 문제이다. 왜
냐하면 겨울이 되면 사실 유럽의 모든 지역이 추워지고, 스코틀랜
드건 토스카나건 벽난로 불은 어차피 완벽한 난방장치는 아니기 때
문이다. 벽난로를 좋아하는 사람은 옷을 따뜻하게 입고 커다란 벽
난로로 거의 기어들어갈 것처럼 가까이 붙어 앉는다. 타오르는 불
을 바라보기만 해도 따뜻해지는 느낌이 든다.

　런던에서는 예전에 벽난로에서 나오는 연기가 바로 눈앞의 자기
손도 잘 안 보일 정도의 저 악명 높은 스모그를 일으킨다고 생각하
여 벽난로에서 불을 피우는 것을 금지했다. 그렇다고 중앙난방장
치를 설치하는 것은 원치 않기에 이제 런던의 구식 건물에는 가스
난로나 전기난로를 둔다. 물론 이런 난로들은 보기 좋지 않다. 그런

것들은 어쩔 수 없는 대용품에 불과하다. 다시는 진짜 불을 지필 수 없다는 애석함이 남아 있는 것이다.

이런 상황에서 인간의 발명 욕구가 발동한다. 그래서 연극무대 소품 같은 것이 생겨났다. 불연성 재료로 장작더미를 만들고 그 앞에 다양한 크기의 노즐이 있는 가스난로를 놓는다. 이 노즐에서 나오는 가스는 갑자기 화염이 치솟도록 하는 것이 아니라 조그만 불길이 가물가물 타오르게 만드는 것이다.

이런 불을 처음 보았을 때 나는 내 눈을 믿지 못했다. 그러자 집주인은 이 불을 스위치로 켰다 껐다 하는 법을 자랑스럽게 시연했다. 그러자 기이하게도 따뜻한 느낌이 드는 게 아니라 소름이 쫙 끼쳤다.

일요일 영업

일요일 영업을 둘러싸고, 마치 여기에 시장경제의 모든 미래가 걸려 있다는 듯이 치열한 싸움이 벌어지고 있다. 비실비실한 경제를 살리려면, 도시에서건 시골에서건 일요일을 평일과 똑같이 만들어야 한다는 주장도 있다. 평일에는 시간이 없어서 물건을 마구 사들이지 못하고, 그래서 내수가 위축된다는 것이다. 일요일이 쉬어야 할 휴일이라지만, 쇼핑보다 더 휴식을 주는 것이 어디 있는가?

게다가 골목상권을 지킨다는 것은 대체 무슨 논리인가? 물론 작은 가게는 백화점이나 대형마트 같이 일주일 내내 인력을 가동할 수 없기 때문에 결국 망할지도 모른다는 말은 맞다. 하지만 우리는 공산주의를 보면서 계획경제, 그리고 민간 부문에 대한 규제가 얼마나 비참한 결과를 낳는지 똑똑히 보지 않았는가? 일요일 영업의 완전 허용을 주장하는 근본주의자 입장에서는 소상인을 보호한다는 생각 자체가 거의 공산주의만큼이나 심각한 것이다.

얼마 전까지만 해도 기업체 사장들은 밤낮으로 언제든 연락이 가능하고 회사에 완벽한 일체감을 느끼고 모든 에너지를 회사에 쏟는 사람이 직장에서 최고의 실적을 낼 수 있다고 믿었다. 그러나 이미 오래전에 이런 생각은 틀렸음이 입증되었다. 현대의 경영철학에 따르면, 일중독자는 자기 건강과 정신력을 갉아먹고 나아가 경영학적 관점에서 보면 자기 생산력을 갉아먹는 것이다.(탈진증후군☞) 잠시도 딴생각을 하지 않고 일에서 벗어나지 않는다는 칭송을 받는 경영자들은 승진하는 것이 아니라 치료를 받는다.

가장 성공한 투자자 중 한 명이고 세계에서 4번째 부자인 사우디아라비아 왕자 알 왈리드 빈 탈랄은 새로운 경영자 모델을 상징한다. 물론 그는 아주 활동적이고 하루 종일 일하는 것을 좋아하며 한 장소에 하루 이상 머무는 일이 드물다. 하지만 다른 한편으로

그는 적어도 한 달에 한 번은 황야에 은둔하며 평화를 누린다고 으
스댄다.

자동응답기의 독창적 메시지

우리 시대의 가장 유용한 발명품 중 하나가 자동응답기이다. 끊임없는 연락 가능성의 저주에서 벗어나 있으면서도 중요한 전갈은 들을 수 있는 것이다. 그런데 요즘에는 자동응답기만으로는 자신의 개성을 충분히 살리지 못한다고 여기는 사람이 많아졌다. 그런 사람들은 자동응답기에 독창적 메시지를 담으면 기계를 인격적 존재로 만들 수 있다고 생각하는 것 같은데, **불안**☞을 불러일으키는 생각이 아닐 수 없다. 그들은 자동응답기 메시지가 개성을 담을 수 있는 훌륭한 기회라고 여긴다. 어쨌든 메시지를 담을 시간이 1분 주어지는데, 텔레비전을 잘 아는 사람이라면 1분이 곧 하나의 세계를 담을 수 있을 만큼 긴 시간임을 잘 알 것이다.

내가 아는 어느 뚱뚱하고 나이 지긋한 변호사는 자동응답기에서 자기 말을 들려주기 전에 요한 스트라우스의 왈츠곡 〈아름답고 푸른 도나우〉 몇 소절을 먼저 들려준다. 왈츠는 그와 그의 통통한 아내에게 잘 어울린다. 사람들은 그 음악을 들으면 바드키싱엔의 온천 호텔에서 빙빙 돌며 춤추는 두 사람을 떠올릴 수 있다. 그렇지만 구속적부심에 넘겨지기 직전에 그 변호사와 잠깐 통화하도록 허락받은 사람이 그 곡을 듣는다면 얼마나 소름 끼치겠는가? 또 다른 예를 보자. "안녕하세요. 여러분이 좋아하는 카린입니다!" 같은 메시지도 있다. 편집부 조수인 카린은 집에 있을 때는 자기가 좋아하는 사람들의 전화만 받기로 한 것 같다. 하지만 그녀가 잊고 있는 것은 그렇게 계속 전화를 받지 않으면 전화를 건 사람은 그 메시지를 들으면서 때로는 그녀가 싫어진다는 사실이다.

자선사업

세금을 많이 내는 사람들은 자선사업에 적극 참여한다. 어떤 자선을 베풀지 선택하는 것을 보면 그 사람에 대해 많은 것을 알 수 있다. 베굼 이나라 아가 칸의 어머니(그녀의 지금 이름은 티센 혹은 티센-헤넨이다. 정보를 늘 업데이트하는 것은 영 어렵다)는 길거리를 배회하는 개들을 돌봤다. 개들을 존넨호프라는 동물의 천국에 데려다 놓고 하루 24시간 모차르트 음악을 들려주었고 다양한 메뉴의 식사를 제공했다.

렌터카 기업을 운영하는 레기네 식스트는 어느 **칵테일 파티**☞에서 자신의 자선사업에 대한 질문을 받았다. 그녀는 아프리카에서 활동하고 있다고 짤막하게 대답했다. "정확히 어디에서요?"라고 묻자 식스트 부인은 자기 자선사업이 무엇인지 정확히 알아보기 위해 비서를 불렀다. 질문한 사람이 히죽히죽 웃자 부인은 이렇게 응수했다. "저는 그래도 뭔가 하고 있잖아요!"

작은 피콜로

작은 피콜로◆를 파는 바들은 거의 사라졌다. 물론 이성적인 인간이라면 그런 곳에서 샴페인을 시키지 않고 맥주를 시킨다. 먼저 작은 용량 맥주를 시키는 것으로 충분했다. "맥주 작은 거 두 개 주세요!" 그러면 곧바로 두 개 더 시킬 수 있다. 실내장식은 빨간색으로 도배를 했다. 빨간 우단을 깔았고 작은 전등갓도 빨갛다. 서커스 조련사가 호랑이더러 올라가라고 하는 대좌를 닮은 등받이 없는 의자도 빨갛다. 평소에는 라디오에서 틀어 주는 음악이 흐르지만, 분위기가 달아오르면 달라졌다. 유리벽돌로 만든 조그만 댄스플로어 아래에 옅은 조명이 비추고 연인 한 쌍이 그 위에서 서로 뺨을 부비며

◆ Pikkolöchen. 샴페인 미니어처.

춤추기 시작하면 대개는 카세트테이프를 틀어 주었다.

작은 피콜로는 어디에서나 여자를 위한 것이었다. 이런 바에 온 여자가 하는 전형적인 말은 "으, 맥주는 싫어요. 맥주는 절대 안 마셔요!" 같은 것이었다. 이런 바에서도 누가 무엇을 마실지는 정확히 정해져 있었다. "이 숙녀분에게 작은 피콜로 하나 주세요!" 그러면 축제 분위기가 났다.

피콜로piccolo라는 말 자체만 해도 '작다'는 뜻이어서 거기다가 '작은 피콜로'라고 말하는 것은 의미가 없다는 걸 모든 사람이 반드시 알 필요가 있을까? 피콜로라는 말을 쓰는 이탈리아인들도 어차피 이런 표현을 비난할 수는 없다. 그 사람들도 이런 어미 붙이는 일을 좋아해서 피콜로piccolo에서 피콜리노piccolino를 만들고, 거기서 또 피콜리네토piccolinetto를 만들며, 거기서 또 피콜리네티노piccolinettino를 만드니까. 그러니까 '작은 피콜로'라는 독일어는 하찮은 병에 들어 있고 자주 하찮은 상황에서 마시는 하찮은 음료를 뜻하는 하찮은 단어이다. 아직까지 이걸 좋아하는 사람들은 대개 연로한 여성들이다. 이 분들은 왕년에는 연극과 어떤 식으로든 관련이 있었고 이제는 혈액순환을 위해 정오쯤에 작은 피콜로 한 병을 딴다. 당연히 약 먹는 것보다는 이게 더 합리적일 것이다. 혹시 아는가? 언젠가 우리도 그런 이유로 작은 피콜로를 마시게 될지?

장례

세계사에 등장한 여러 문화들은 장례 풍습에 따라 분류할 수 있다. 이집트의 미라, 힌두교의 화장, 선사시대 독일 북부 무덤의 습지 미라, 카타콤, 납골당, 돌과 구리로 만든 관이 있는 납골당 등. 이 모든 것은 특정 시대의 사람들이 죽음에 대해 어떻게 생각했는지를 보여줄 뿐 아니라 삶에 대해서 어떻게 생각했는지도 보여준다.

오늘날 우리는 (어쩌면 역사상 처음으로) 자신의 시신을 어떻게 처리할지를 자유롭게 선택할 수 있게 되었다. 죽음 자체는 (아직은?) 피할 수 없지만, 그래도 장례 방식은 선택할 수 있다. 기독교나 유대교를 믿는 유럽인들은 죽으면 땅에 묻힐 것이라는 통상적인 합의는 더 이상 존재하지 않는다.

먼저 자유사상가들이 이 풍습을 뒤흔들었다. 그들은 화장할 권리를 내세웠다. 왜냐하면 그것이 이교로의 회귀라고 생각했기 때문이다. 또한 독특한 논리를 내세워서 그것이 '더 위생적'이라고 말하기도 한다. 그리고 재를 가지고 이것저것 할 수 있다. 항아리에 재를 넣은 후에 항아리를 자기 집 책장에 **전집**☞의 북엔드로 쓸 수도 있다. 아니면 비행기를 타고 이 재를 바람에 날려 보낼 수도 있다. 그러면 재는 정말로 영영 사라진다. 시신을 바다에 가라앉히려는 사람들도 있고, 미래에 부활할 수 있도록 냉동하려는 사람들도 있다.

이런 독특한 장례 방식을 소망하는 사람들의 공통점은 죽은 후에도 자신의 의지를 유지하려는 소망이다. 그러나 이런 소망을 가장 쉽게 이룰 수 있는 방법은 유산을 두고 싸움을 벌어지게 만들 유서를 남기는 것이다.

장식용 토마토

엄밀하게 말하면, 장식용 토마토는 우리를 당혹하게 만들 만한 주제는 아니다. 하지만 그래도 이 현상은 탐구해 볼 만하다. 이를 위해 우리는 우선 두 종류의 식당을 구별해야 한다. 첫 번째 종류의 식당에서 따뜻한 소시지를 주문하면 소시지는 하얗고 두툼한 접시에 얹혀 나오고 거기에 조그만 빵이 나온다. 이 우직한 작은 간이식당은 아마 너무 밋밋해 보일지도 모르지만, 매사에 진지하다. 거기에는 잘못된 점이라고는 없다.

두 번째 종류의 식당은 식당 장식이나 냄새에 있어서는 첫 번째 식당과 다를 바 없다. 그러나 여기에는 현대적 식도락이 침입했다. 1950년대나 60년대 어느 때인가 이런 식당 주인의 딸들이, 이제는 벼룩시장에서나 볼 수 있는 저 통속적인 여성지를 발견했을 것이다. 거기에는 요리법이 실려 있고 또 '식욕을 돋우는 상차림 비법'이 있었다. 그 옆에는 "눈도 함께 먹는다!" 같은 말이 써 있다. 이걸 읽은 식당 주인의 딸들은 하얀 접시에 소시지를 밋밋하게 올려놓는 것은 매우 보기 좋지 않다는 결론을 내렸을 것이다. 파슬리 하나를 접시에 올려 놓는다면 훨씬 더 보기 좋지 않을까?

소시지에 웬 파슬리? 시적 감수성이 없는 사람들은 이렇게 반문했을 것이다. 이런 물음에는 구태여 대답하지 않고 파슬리를 소시지 옆에 놓는 일은 점점 잦아졌다. 그리고 얼마 지나지 않아 토마토 한 조각을 더 올리게 되었다. 장식용 토마토의 탄생이다. (이 토마토는 먹는 게 아니라는 것은 토마토 옆의 접시 부분에 찍힌 요리사 지문으로 알 수 있다. 이것은 진정한 환대를 보여주는 새로운 품질인증이라 할 만하다.) 마침내 거기에 또 쪼글쪼글한 연초록 상추가 덧붙여진다. 그리고 갑자기 접시는 아주 사치스럽게 장식되어서 소시지 가격이 1마르크 오른다. 이제 이것은 간식이 아니라 제대로 된 식사가 되었다. 무미건조한 유용성을 누르고 아름다움이 승리를 거둔 것이다!

저가항공

75센트에다가 공항세만 내면 거의 모든 곳으로 갈 수 있게 된 이후로 비행기를 타는 일은 고문이 되었다. 저가항공사 승무원들은 승객들을 얼간이인 양 다룬다. 당연한 것이, 얼간이 같은 승객들이 많기 때문이다. 그래서 승무원들이 이런 새로운 종류의 여행자들을 이렇게 다루는 일은 한마디로 정당방위일 따름이다. 제일 잽싼 여행자들은 독일인, 네덜란드인, 영국인들이다. 그러니까 저가항공 혁명이 일어난 이후로 성수기에는 시끄럽고 술 취한 독일인, 네덜란드인, 영국인 여행자들을 피할 수 있는 곳은 딱 세 곳, 독일, 네덜란드, 영국밖에 없다는 뜻이다. 그래서 여름에는 침가우, 헤이그와 그 근교, 아니면 콘월에서 보내야 한다.

전동 칫솔

전동 칫솔은 장기적 관점에서 치과 비용을 크게 낮출 멋진 발명품일 것이다. 하지만 나처럼 아침을 싫어하는 사람에게는 전혀 어울리지 않는다. 왜냐하면 전동 칫솔과 함께, 그러니까 머리가 전기로 덜덜거리는 느낌으로 하루를 시작하는 것은 끔찍하기 때문이다. 하지만 이것 못지않게 쓸데없는 오렌지 착즙기만은 버리지 못할 것 같다.(**전자제품 마니아** ☞)

전자제품 마니아

나와 아내가 벌이는, 필요 없는 전자제품을 사 모으는 경쟁에서 내가 다시 앞서게 되었다. 그 전까지는 아내가 오랫동안 앞서 있었다. 아내가 온갖 주방 일을 버튼 하나로 해치우는 기적의 제품인 써머믹스를 장만한 것이다. 나는 마사지 기계로 만회하려 했지만, 아내는 자동청소가 되는 에스프레소 기계를 사서 다시 앞서 나갔다. 하지만 나는 대기실 같은 데에서 흔히 보는 정수기를 사서 결국 승리를 거두었다. 이 기계는 단추 하나만 누르면 냉수나 온수를 제공하는 것이다. 렌탈할 수도 있다. 또 정수기에 쓰는 생수통을 대량 구입하면, 매일 8리터에서 12리터의 물을 마신다고 할 때 몇 년 지나면 심지어 돈을 절약할 수도 있다고 한다. 그래서 우리 집에서는 많이 쓸 때는 몽골의 수도 전체보다도 더 많이 전기를 쓴다. 하지만 언젠가 우리 집이 압류를 당할 경우 그래도 집달리가 가져갈 것이 남아 있게 된 것이다.

전집

수도원이나 궁성에 있던 옛날 도서관에는 대개 값비싼 서가들에 아름다운 책들이 꽂혀 있다. 퇴색한 돼지가죽으로 제본한 두꺼운 책들, 붉은 모로코가죽 장정의 프랑스 문학책들, 연초록 책등 라벨을 붙인 갈색 독일 문학책들, 긴 줄을 이룬 검은 책과 녹색 책들.

예전에는 도서관이 이랬다. 하지만 이제 다 바뀌었다. 겉표지들은 울긋불긋하고 책마다 높이가 다르고 전체적으로 약국 선반처럼 보인다. 책들은 흉해졌고 시리즈물도 단조롭고 어수선하다. 진한 탐서가들에게는 이제 집의 **실내장식**☞ 문제는 저절로 해결된다. 이런 책장들이 빈 벽을 다 차지해서 울긋불긋한 책등들이 뒤죽박죽 온 집안을 가득 채운다.

이런 어수선한 곳에 전집이야말로 어떤 질서를 부여하지 않을까? 옛날 도서관에나 있을 법한 그러한 정적의 기미가 살짝 드리운다. 12권짜리 토마스 만 전집만 있어도 저 울긋불긋한 용병 무리들 사이에서 꽤 정돈된 최정예 부대를 이룬다. 게다가 이 작가의 모든 것을 정말 소장하게 되었다는 안도감까지 덤으로 얻는다.

그렇다. 전집을 사면 모든 것을 갖게 된다. 하지만 대개의 경우 이런 만족감이 전부다. 이런 만족감이 호기심을 이긴다. 내가 가진 것은 어떤 식으로든 지적으로도 내 소유이다. 그게 거기 있는 한 어디로 달아나지 않는다. 언젠가는 나는 이 위엄 있는 전집 중 한 권을 꺼내서 뒤적일 것이다. 하지만 이런 일은 일어나지 않는다. 왜 일까? 건축적인 견지에서 볼 문제이다. 벽에서 벽돌 하나를 꺼내는 법은 없으니까. 전집은 바로 벽이고, 그것도 작가 영묘靈廟의 벽이다. 작가는 거기 잠들어 있다. 결코 우리에 의해 깨워질 염려 없이 안전하다.

전채◆

최고급 레스토랑 요리사들은 손님들에게 개인적으로 봉사해야 할 의무가 있지만, 달랑 '주방장 인사' 하나로 이런 의무를 대체한다. 손

◆ Amuse-Gueule, 주방장 인사

님에게 물어보지도 않고 손님이 별로 원치도 않는 소소한 전채前菜를 내놓는다. 손님이 주문한 적 없던 이 음식에 무엇이 들어 있는지는 아무도 모른다. 뻔뻔스러운 일이 아닐 수 없다. 하지만 이런 낯두꺼운 행동에 대해 손님이 할 수 있는 것이라곤 고작 답례 인사뿐이다.

정원의 난쟁이 인형

어린 시절 나의 즐거움이던 정원 인형을 얼마나 오랫동안 보지 못한 걸까. 시골에서 산책하다가 어느 집 뜰 앞을 지나며, 일곱 개의 산처럼 뾰족한 모자를 쓴 일곱 난쟁이가 잔디밭에 있는 것을 보면 거의 기적처럼 느껴졌었다.

물론 정원 난쟁이 인형의 마력은 금세 사라졌다. 학교 다닐 때 나는 일찌감치 알았다. 사람들이 이걸 조롱하고 멸시한다는 것을. 그렇지만 얼마 지나지 않아 정원 난쟁이 인형을 제일 경멸하던 바로 그 사람들이 거기에 애착을 느껴서 마구 흉내내고 있다는 것을 알게 되었다. 물론 이것은 '고급 취향'을 보여주는 정원 난쟁이 인형이었다. 영국의 경마 산업과는 전혀 상관없는 수많은 집들에 말 동판화가 걸리게 되었다. 또 다른 곳에는 도자기로 만든 귀가 긴 개들이 무리 지어 창틀이나 벽난로 위에 서 있었다. 특히 멍청해 보이는 스패니얼 종이 인기가 높았다. 식탁에는 살짝 은도금을 한 닭들이 싸움을 벌이는데, 그 중 어떤 것은 소금통이다. 대부분은 촛대로 쓰이는 베니스의 바로크풍 무어인 인형도 있다. 성모 경배와는 아무 상관이 없는 집에도 바로크풍 성모상이 있다. 또는 바로크 성당의 촛대를 본뜬 플로어스탠드도 있다. 언제부터인가 말 동판화 수집가를 사람들이 조롱하기 시작했고, 이제 한걸음 더 나간 사람들은 베수비오 화산 폭발을 그린 그림이나 **앤디 워홀 초상화**☞를 소장한다.

요즘 유행하는 정원 난쟁이라면 부처상이다. 멋지게 꾸민 거실에 가면 적당한 가격의 부처상을 만난다. 정말 비싼 부처상과 구별할 수 없는 것이다. 이 모든 난쟁이들은 서로 비슷해 보인다. 이 난쟁이들도 잘 알고 있어서 그런지 고사리 주먹을 불끈 쥐고 키득키득 즐겁게 웃고 있다.

(좋은) 조언

어떤 사람들은 삶에 완벽하게 적응한다. 멋진 일이 아닐 수 없다. 하지만 우리는 되풀이하여 한계에 부딪힌다. 병이 들거나 자식이 게으르고 버릇없거나 마요네즈 요리가 영 안 되거나 개가 입을 다쳤지만 수의사도 치료하지 못한다. 휴가 때 호텔이 끔찍하거나 와인을 잘못 고른다. 엉망진창 콘서트에 가거나 엉터리 책을 읽는다. 하지만 그들에게 이런 일은 절대 일어나지 않는다. 이런 일을 피하는 법을 잘 알고 있기 때문이다. 그리고 그들은 이런 경험을 나누는 데 전혀 인색하지 않다. 어떻게 맛있는 송어 요리를 만드는지, 어느 상점에 가야 좋은 신발을 살 수 있는지 우리에게 감추는 그런 위인이 절대 아닌 것이다.

타고난 조언자라면 살아가면서 할 일도 많을 것이고 또 성공도 많이 거둘 것이다. 하지만 그가 정말 활짝 피어오르는 때는 조언을 할 때이다. 그는 사람들이 얼마나 많은 기회를 놓치며 사는지 알고는 충격을 받는다. 예를 들어 그렇게 세금을 많이 내는 것을 이해할 수 없다고 말한다. 세금을 한 푼도 내지 않아도 되는 환상적인 방법을 대체 모른단 말인가? 그냥 독일에서 퇴거 신고를 하고 국세청에다가는 아일랜드로 이사 갔다고 알리면 된다. "하지만 아일랜드로 가기는 싫은데요"라고 구시렁대 보자. 그 조언자는 그럴 필요가 전혀 없다고 으스대며 말한다. 아일랜드에서 우편물 받을 곳만 제시하면 된다는 것이다. "그럼, 우체통을 누가 봐주는데요?"라고 걱정스럽게 물어보자. 조언자는 그거야 어떻게든 만들어 볼 수 있다고 말한다. 물론 독일에는 거주지 주소가 이제 없는 것이 좋고, 무엇보다도 문과 우체통에 있는 이름을 없애야 한다. 그리고 되도록 이웃들도 너무 자주 보면 좋지 않단다. 관공서에는 퇴거 신고를 한다. 그러면 감쪽같이 사라지는 것이다. "그러니까 제가 잠적을 해야 한다는 거지요?"라고 조금 초조해져서 묻는다. 이 선한 조언자는 요즘엔 그런 일이 대수롭지 않다고 안심시킨다. 아주 많은 사람이 그렇게 살고 있고 아무도 그런 일을 검사하지 않는단다. 이제 상대는 정말로 불안해져서 "안 되겠어요. 저는 그런 일은 못할 것 같아요"라고 말한다. 그러면 이제 이 선한 조언자의 마음이 상한다. 꼭 그렇게 돈을 허비해야 하는 이유를 모르겠다고 쏘아붙인다. 다행스럽게도 곧 그 사람의 주의를 다른 데로 돌릴 수 있다. 혹시 두통이 심할 때 어떻게 해야 하는지 아시나요?

지중해 골프장

녹색 자연이 펼쳐진 곳은 비가 많이 오고 비가 많이 오는 곳에는 최고의 잔디가 자란다. 아일랜드에는 매일 비가 오고 잉글랜드와 스코틀랜드 일부 지방에서도 그렇다. 그런 곳에서는 푸르른 하늘을 배경으로 잔디가 그야말로 인광燐光을 발한다. 그래서 이 나라들은 자연스럽게 골프장의 본향이다. 가만히 놔두면 자라서 나무가 될 기세인 이 풀들을 수백 년 동안 양떼들이 뜯어먹었다. 이런 일이 생태학적으로는 잘못일지 모르지만, 그 덕분에 녹색 우단이 덮인 언덕 많은 땅이 생겨났다. 거기에다가 그 나라에서는 잔디 관리 과학이 발전했다.("정기적으로 물을 주고 잘라 준다. 5백 년 동안.") 그리하여 마치 포도밭이 부르군트의 문화경관에 속하듯이, 잔디는 이 나라의 문화경관에 속하게 되었다.

　골프라는 스포츠의 어리석은 점들에 대해서는 여기에서는 이야기하지 않겠다. 중요한 점은 아일랜드의 골프장이 아름다운 풍광을 전혀 흐리지 않고 어쩌면 더 돋보이게 한다는 사실이다. 하지만 앞서 말한 것처럼 아일랜드에는 비가 많이 온다. 그렇지만 마요르카 섬*에는 비가 훨씬 적다. 비도 덜 오는데 마요르카에서 골프를 치면 왜 안 될까? 마요르카에는 잔디가 없어서? 지중해 식생에 애초부터 잔디는 포함되지 않으니까? 마요르카, 몰타, 튀니지에는 마키*, 딱딱한 잎들, 봄에는 꽃이 만발하는 가시덤불, 금잔화, 너도밤나무, 올리브나무 등만 있으니까? 바보 같은 소리다. 잔디는 마음만 먹으면 어디에서나 키울 수 있다. 먼저 마키를 불태우고 이스라엘에서 담수화 설비를 주문한다. 그걸로 매일 인공 비를 내리면 멀리서 보면 잔디 비슷한 것이 자랄 수 있다. 그 모습은 중국음식점에 걸린 사슴뿔처럼 지중해 경관에서 두드러져 보일 것이다. 하지만 진정한 골프 애호가라면 이런 세심한 문제에는 관심이 없다. 좋은 새 골프 **친구들**☞과 더불어 지구상의 모든 골프 클럽의 장단점을 논할 것이고 핸디캡을 개선하는 데 몰두할 테니까.

집사

유능한 집사는 섬기는 주인을 지배하는 특성이 있기 때문에, 집사가 없는 것이 오히려 사치이다. 말버러 가문의 마지막 공작은 집사에게 너무 의존한 나머지 한 번은 집사 없이 여행을 갔다가 칫솔에

◆ Mallorca, 지중해 관광지로 유명한 스페인의 섬.
■ 지중해 지방의 관목 식생.

치약이 저절로 묻는 게 아니라는 것을 처음 알고 놀랐다고 한다.

예전에는 집안일을 돌봐주는 사람 없이 사는 사치를 누릴 수 있는 사람이 그리 많지 않았다. 도시에서 방이 두 개 반 이상인 집에 살면 집안일 돌봐주는 사람이 있어야 했다. 그러면 사생활은 꿈도 꾸지 못했다. 늘 '피고용인'에게 지배를 당했고, 아주 은밀한 비밀이 폭로되는 것을 두려워했다. 주인에게 충실한 하인이란 연극이나 동화에나 있었다. 그림동화 《개구리왕》의 결말에서 마법이 풀린 왕자는 마차를 타고 왕국으로 돌아온다. 오랫동안 주인이 마법에서 풀려나기를 기다려 온 충복 하인리히가 마차 뒤에 타고 있다. 갑자기 어마어마한 굉음이 나서 왕자는 소스라치게 놀란다. "하인리히, 마차가 부서지나 보다!" "주인님, 아닙니다. 마차가 부서지는 게 아니에요." 하인리히가 외친다. "제 가슴을 동여맸던 사슬이 끊어지는 소리예요. 주인님이 샘 속에 있을 때 제 가슴이 너무도 괴로웠거든요." 만일 이 동화의 배경이 현대라면 왕자에 대해 대문짝만한 기사가 실릴 것이다. "왕자, 그리고 고통스러운 늪 속의 삶에 대해 하인리히가 폭로하다."

차

책상 집기

책상에 대한 숭배 현상을 일으킨 사람은 특이하게도 나폴레옹이었다. 늘 바깥으로 나돌아 자기 책상에는 거의 앉아 있지도 않았던 그가 그랬던 것이다. 그러나 나폴레옹의 책상에는 잉크와 모래[◆]를 보관하는 황금 용기들이 있었고, 서류를 품위 있게 전달하는 데 쓰는, 큼직한 **문장**紋章 [☞]이 멋지게 찍힌 가죽 서류가방이 있었다. 그리고 그에게는 시간이 돈이었으므로 (당시에 이미 한물갔던) 황금 추시계도 있었다.

그 후로는 (마트 체인점 사장을 포함해서) 모든 유력한 통치자의 책

◆ 예전의 잉크는 잘 마르지 않아 고운 모래를 뿌려 빨리 마르게 했다.

상에 호화로운 집기들이 쌓여 갔다. 통치자라는 사실은 그것의 무게에서 드러난다. 언제나 금일 필요는 없다. 청동도 무겁고 돌은 더욱 무겁다. 아마도 책상 집기의 가장 깊은 본질에 어울리는 것은 대리석 집기들일 것이다. 물론 이제 잉크병과 모래함은 없지만, 그 대신 만년필 넣는 석함, 세계시간이 자동으로 맞춰지는 대리석 테두리의 시계, 볼펜과 클립을 보관하는 대리석 원통, 말이라도 때려잡을 만한 대리석 재떨이, 아내와 자식들과 개와 서프보드 사진을 꽂은 대리석 사진틀, 대리석 블록들을 돌려 날짜를 맞추는 달력이 있다. 컴퓨터는 대리석이 아닌 게 신기하다. 디자인에 허점이 생긴 것이다. 이 허점을 메울 수 있는 사람이라면 온 세상에 대리석 기념비가 세워질 것이다.

체험 식당[*]

아무것도 더 이야기 나눌 것이 없는 사람들, 그리고 좋은 음식 자체만으로는 체험이라고 느끼지 못하는 사람들을 위한 식당.

◆ 갖가지 유흥과 체험을 제공하는 일종의 테마 식당.

친구들

친구는 불필요하지도 않고 꼭 필요하지도 않다. 친구란 우리가 받을 자격도 없는데도 우리에게 오는 커다란 선물과 같다. 인생에서 진정한 친구들을 만날 수 있는 사람이라면 내가 무슨 말을 하는지 알 것이다. 친구는 심지어 애인보다 낫다. 물론 아무리 절친한 관계라도 우리로 하여금 사랑의 열정에 빠지게 할 수는 없다. 하지만 그 대신 사랑의 고뇌도 주지 않는다. 친구는 우리에게 관심을 보여 우리가 인생의 짐을 짊어질 수 있도록 돕는다. 이런 우정이 드물다는 것은 당연하다. 아무리 인품이 훌륭하고 선량한 사람이라도 이런 우정을 한 번도 경험하지 못하는 경우가 많다. 그래서 사람들은 자신에게 그런 친구가 있다고 자랑하지 않는다. 미신에 가까운 조심성으로, 친구 없는 사람의 질투를 불러일으키는 것을 피하는 것이다.

여기에서 나는 우정에 대해서, 그리고 친구라는 개념에 대해서 일부러 아주 높게 평가했다. 그래야 이제 '거짓 친구'라는 저 밑바닥을 잘 들여다볼 수 있을 테니까. 거짓 친구라는 것은 우리에게 유다의 키스를 하는 배신자를 말하는 것이 아니다. 내가 말하는 것은 이보다 훨씬 가볍고 덜 심각한 경우이다. 모든 것들이 넘쳐나는 이른바 상류층 사람들은 '친구들'이라는 말을 확고하게 입에 올린다. 마치 친구도 넘쳐난다는 듯이. 사교계의 사람에게는 '친구들'밖에 없다. '친구들'은 오늘은 그 사람 집에 식사를 하러 온다. 내일에는 그 사람이 '친구들' 집에 초대된다. 그리고 여름에는 지중해에 있는 '친구의 친구' 집에서 **요트**☞를 탄다.

수많은 '친구들'이란 특히 한 가지를 표현한다. 그 사람이 인생의 양지에서 살고 있고 모든 사람에게 똑같이 친절할 수 있는 여건이라는 것을. 가장 좋은 일은 그런 '친구들'은 절대 적이 되지 않는다는 점이다. 어떤 사람이 정말 형편이 나빠지면, 그들은 그 사람을 그저 모르는 척해 버릴 테니까. 그러니까 '친구'의 몸은 흥미로운 특징을 지녔다. 허공으로 스러져 버릴 수 있는 것이다.

친구로 남기

부부가 헤어지면서, 서로에게 쓰레기통을 집어던지지 않고 친구들에게 자기 편을 들라고 강요하지도 않고 앞으로도 계속 생일 때 축하인사를 보낸다면, 참으로 아름답고 교양 있고 세련된 일이 아닌가? 방금 헤어진 사람들이 다른 사람들에게 퍼트리는 소식은 "우리는 친구로 남기로 했어"라는 말이다. 어떤 사람들은 한 가지를 더 덧붙인다. "우리는 전보다 서로를 더 잘 이해해!"

이렇게 모범적인 태도를 볼 때 다른 사람들은 실망감을 느낀다는 사실을 굳이 감추는 것도 잘못일 것이다. 무엇인가 와장창 부서지는 게 제일 좋은 것이다. 그러면 "그 사람들이야 자기들 맘대로 해도 좋지. 하지만 아이들이 불쌍해"라고 말한다. 그렇지 않고 헤어진 사람들이 친구로 남는다면 아이들을 불쌍해할 수도 없는 것이다. 하지만 그럴 때의 장점이 금세 드러난다. **예의**☞와 배려는 어려운 일이다. 그리고 사회는 헤어진 부부가 친구로 남기로 했다고 선언하면 이런 어려운 일을 굳이 하지 않아도 된다. 저녁식사 자리에 두 사람을 나란히 앉힐 수도 있다. 그러면 두 사람은 심지어 그걸 좋아하는 것 같기도 하다.

'친구로 남는다'는 개념에서 의심스러운 점은 아마 무엇보다도 사랑이 우정과 섹스를 합친 것이며, 따라서 거기에서 하나를 빼도 다른 하나는 남는다는 관념일 것이다. 한 번이라도 사랑을 해본 사람이라면 그렇지 않다는 걸 안다. 물론 사랑이 점점 우정이 되는 관계도 있다. (바로 이렇게 상황이 전개되는 것이야말로 결혼생활을 오래 한 부부의 희망이자 기회이다.) 그러나 보통은 사랑은 온갖 것들로 변한다. 증오로, 혐오로, 지루함으로, 역겨움으로, 무감각함으로. 그러나 우정으로 변하는 경우는 가장 드물다. 미친 듯한 사랑에서 깨어난 사람은 누구와, 어떻게, 왜, 그렇게 오래 사랑을 했던 것인지 대개는 이해하지 못한다. 그래서 '친구로 남는다'는 것은 종종 그 전에 사랑 같은 것이 전혀 없었음을 증명하는 것이다. 그러면 그저 달팽이 두 마리처럼 서로에게서 떨어진다. 아름다운 광경은 아니다.

카

카르티에

한때는 파리의 이름 높은 보석상이었다. 현재는 러시아의 고위 정치가들이나 VfL 보훔 프로 축구선수들의 부인들을 위해 조야한 상품을 터무니없이 비싼 가격으로 대량생산한다.

카바레트◆

'카바레트'라는 말을 들을 때 사람들에게 떠오르는 형용사는 '용감

◆ 정치나 시사문제를 풍자하는 춤과 노래, 촌극 등으로 구성된 소규모 무대예술.

하다'이다. 권력과 재벌과 장군과 독재자들이 저 위에서 위세를 부리고 있는데, 저 아래 담배 연기 자욱한 지하실에서는 술통 몇 개에 널빤지 몇 개를 올려 놓고는 그들에 대해 거침없이 **의견들**☞을 말하는 것이다. 카바레트라는 말을 들으면 '뻔뻔스럽다'는 형용사도 떠오른다. 카바레트는 전통적 도덕을 조롱하며, 도발적이고 외설적이다. 카바레티스트들은 아웃사이더들이고 기침이 잦은 골초이다. 특히 여성들의 얼굴은 석회처럼 희고 목소리는 걸걸하다.

서커스가 그런 것과 마찬가지로 카바레트에 대해서도 상투적인 관념들이 있다. 이 둘에서 눈에 띄는 점은 종종 놀라울 만큼 현실에 부합한다는 것이다. 온건한 우리 시대에는 상상하기 어렵지만, 카바레트 예술가들은 정말로 국왕과 신을 모독했다는 죄목으로 감옥에 갇히곤 했다.

카바레트가 재치 넘친다는 것이야 다 알고 있지만, 그것이 처음 생겨날 때부터 비장한 느낌을 불러일으켰음을 잊어서는 안 된다. 또한 질릴 정도로 씁쓸하고 감상적인 모습도 늘 있었다. 사람들에게 진실을 말하는 것이야 고귀한 목표이지만, 거기에는 오만과 뻔뻔함도 상당 정도 들어 있다. 카바레트는 '느물거리며 진실을 말하기'를 늘 추구하지만, 평균 정도 카바레티스트로서는 이런 어려운 시련을 이겨내기는 정말 어렵다.

2차 세계대전 이후 독일처럼 비교적 지적 자유가 보장되는 시대를 우리는 깊이 감사하지만, 카바레트에게 이 시대는 호시절이 아니다. 카바레트는 이제 역사상 가장 권력에 가까이 자리하고 있기 때문에 위험은 사라지고 날카로운 재담은 시들어버렸다. 좌파가 오래전부터 집권하고 있어도 카바레트는 여전히 반대자는 좌파라는 좌우명을 가지고 좌파의 입장을 취했다. 그 후로 카바레트는 힘들이지 않고 어디든지 무혈입성하고 있다.

카페트

연하고 부드러운 것과 단단한 것은 서로 결합되어 있다. 콘크리트와 바닥 마감재를 사용한 신식 건물은 대량 건축 방식에 어울리는 그 값싼 바닥에 깔 만한 새로운 무엇을 학수고대하고 있다. 알루미늄 창틀의 커다란 파노라마 창문과 2미터 높이의 천정과 매끄러운 문들과 라우파저 벽지들로 이루어진 건물에 나무 마루, 테라초, 타일, 슬레이트 바닥은 전혀 어울리지 않는다. 모직섬유나 인조섬유를 고무에 붙인 카페트는 이런 새로운 건물에 이상적인 발명품이었다. 이것을 바닥 마감재에 직접 붙이면 애당초 사람이 살 수 없는 이 공간에 호화로우면서도 아늑한 느낌을 곧바로 선사했다.

카페트는 무엇보다도 가구가 구비된 분위기를 낸다. 게다가 관리하기가 너무도 쉽다. 그냥 진공청소기로 밀면 5분이면 끝이다. 또 혹시 얼룩이 생기면, 환상적이지만 독성이 있고 냄새 고약한 거품 스프레이를 뿌려 해결하면 된다. 이것으로 해결이 안 되면 한 남자가 나타나 더러워진 카페트 위로 값비싼 커다란 기계를 밀고 간다.

이 묵직한 기계로도 안 된다면 그냥 새 카페트를 들이면 된다. 이제 아랫면이 회색 고무인 이 역겨운 낡은 카페트는 쓰레기통으로 간다. 그러면 사람들은 소름 끼치는 기분으로 이런 물건이 어떻게 집안에 있었는지 의아해진다.

칵테일 파티

"칵테일 파티의 본질은 우리가 그리 가서는 그 파티를 비웃는 것이다." 이 번득이는 표현은 소설가 하인리히 뵐Heinrich Böll, 1917-1985의 말이다. 이 말은 정곡을 찌른다. 물론 뵐 자신은 엄밀한 의미에서 사교계 명사는 아니었지만.

캐비어

루이 15세는 캐비어를 '생선잼Confiture de poisson'이라고 욕하면서 뱉어버렸다.

캔들라이트 디너Candle-Light-Dinner

모든 문화에서 자고로 식사는 매우 제의적 의미를 지녔다. 석기시대 남자들도 좋아하는 여자의 사랑을 얻으려면 같이 밥을 먹어야 했다. 동굴에서 같이 밥을 먹지 않으면 아무리 그 여자를 쫓아다녀도 아무 소용이 없었다.

천의 주름을 가지런히 잡을 수 있게 된 이후로, 아니 어쩌면 그 이전부터, 전 세계 거의 모든 곳에서, 식사 장소에 식탁보를 놓는 풍습이 생겼다. 하지만 어둠과 식사와 성적 매력의 조합은 수천 년에 걸쳐 천천히 우리 유전자에 새겨진 것이다. 그리고 거기에는 분명 예전에 저 동굴 속에서 타오르던 불에 대한 기억이 도사리고 있기 때문에, 마침내 캔들라이트 디너라는 아이디어가 탄생했다.

캔들라이트 디너는 그러니까 에로티시즘과 관련이 깊다. 사업가와 외판원들이 없는 주말에 대형 호텔에서 주로 한다. 그런 호텔들은 토요일 밤에 손님들을 끌어들이기 위한 홍보 아이디어가 필요했던 것이다. 그런 곳에는 사랑하는 사람과 가는 것이 아니다. 적어도 기혼자라면 사랑하는 사람과 가지 않는다. 그렇다. 캔들라이트 디너는 부부관계를 상담해 주는 사람들의 레퍼토리에 꼭 들어 있다. "남편에게 한번 캔들라이트 디너를 해보자고 하세요. 무슨 특별한 계기가 없더라도요." **반려 관계**☞가 **관계 위기**☞에 빠져서 꼼짝달싹 못 하는 상황이 되면 상담자는 이렇게 말하는 것이다.

이제 부부는 호텔에 들어간다. 이브닝드레스를 입고, 잘 꾸며진 값비싼 식당에 들어간다. **배경음악**☞으로 세련된 분위기를 돋운다. 감미로운 피아노 소리가 손님들을 맞이한다. 급사장이 손님들을 식탁으로 안내한다. 은빛 쉐보레 범퍼처럼 반짝이는 거대한 상들리에가 머리 위에서 흔들린다. 핑크빛 초, 촛대 둘레의 건조화 꽃다발, 커다란 태피터 리본, 장미 꽃꽂이 등이 색깔을 잘 맞추어져 있다.

사방이 어둡고 그들의 눈은 빛나기 시작한다. 샴페인 한 잔을 마시고 나서 아내가 말한다. "약간 취하는 거 같아." 식사에는 멋진 서비스가 여러 가지 제공되는데, 특히 어둠을 이용하기 위해서 플랑베◆를 보여준다. 불꽃이 높이 올라가면 아내는 깜짝 놀라지만, 믿음직스러운 남편이 옆에 있으니 괜찮다. 식사를 마치면 디저트가 나온다. 그다음에는… 오스카 와일드 식으로 말하자면, 이런 일은 사람들이 다 보는 가운데 깨끗한 빨래를 빠는 것과 같다.■

커피

대체 커피를 둘러싼 이 야단법석은 언제 시작되었을까? "지금 내게는 커피가 꼭 필요해"라거나 "아침에 커피 안 마시면 아무것도 시작할 수가 없어"와 같은 비참한 말들은 더 들어주지 못할 정도이다.

◆ flambée, 고객 앞에서 고기, 생선 등을 요리하면서 브랜디 등을 뿌려 불을 붙이는 일.
■ 오스카 와일드의 희곡 《어니스트 되기의 중요성》에서 런던 여자들이 자기 남편과 사랑놀음을 하는 것은 깨끗한 빨래를 공연히 다른 사람들 앞에서 빠는 것처럼 터무니없는 짓이라고 비난하는 부분.

한 문명 전체가 하나의 원료에 이 정도로 의존하게 되다니 이런 일이 어떻게 일어났을까? 사람들은 우리가 석유에 지나치게 의존하고 있다고 말하지만, 내가 보기에는 커피에 대한 의존이 훨씬 심각하다. 한편 대도시 사람들은 이제는 라테 마키아토만 마신다. 그러니까 1리터는 됨직한 뜨거운 우유에 미량의 커피를 타 먹는 것이다. 다시 말해 대도시에 사는 사람들은 커피 공급이 줄어드는 위기가 닥친다고 해도 별로 알아차리지 못할 것이다. 왜냐하면 갈색 색소만 조금 넣으면 아무도 모르게 이런 커피 혼합물을 대체할 수도 있을 것이기 때문이다.

나 역시 가끔 커피를 마신다. 하지만 어떤 특정한 소비 패턴에 고정되고 싶지는 않다. 내게 제일 거슬리는 질문은 "커피를 어떻게 드시나요?" 같은 것이다. 마치 영원히 불변하는 커피 소비 패턴을 신분증에 기입하고 다닌다는 듯한 질문이다. 설탕도 넣지 않고 블랙으로, 혹은 우유는 넣되 설탕은 넣지 않고 등등. 나는 커피를 마실 때면 그때그때 기분에 따라서 어떻게 마실지 결정하는 걸 좋아한다.

커피(또는 차)의 대안은, 집에서 마실 때도 마찬가지이지만, 아유르베다 의학에서 이야기하는 비밀 레시피인 '하얀 차'이다. 아주 간단하다. 뜨거운 물이기 때문이다. 딱 그것만이다. 특이하게도 정말 맛있다! 적어도 보통 사 먹는 차들보다는 낫다. 커피나 차에 비해 '하얀 차'의 여러 장점 중 하나는 식어도 맛있다는 것이다. 그리고 너무 진하거나 너무 엷을 수도 없다. 또 물이 뚝뚝 떨어지는 뜨

거운 티백을 처리할 필요도 없고 이가 누리끼리해지지도 않는다는
것이다.

코스튬 의상◆

코스튬은 예전에는 개인적 취향에서 벗어난 옷차림이었다. 어떤 도
시나 어떤 지방에는 코스튬이 있었고 그 안에서 계층마다 또 코스
튬이 있었다. 귀족과 수공업자는 코스튬이 서로 달랐고, 기혼 여성
과 미혼 여성도 그랬다.

　코스튬이 아무리 멋있어도, 라이프아이젠 은행장이나 하우프트
슐레 교장인 보수주의자라고 해도 평상시에는 입지 않는다. 그래
서 바이에른과 오스트리아에서, 또 아마 슈바벤과 알고이에서 코
스튬 양복을 발명했다. 이것은 요즘에는 주로 바이에른에 미친 북
독일 사람들(뮌헨☞)이 함부르크 융페른슈티크에서 쇼핑을 할 때
입는다. 거기에서 이런 옷은 불필요할 뿐 아니라 전혀 어울리지 않
는다.

◆ 민속의상 등의 코스튬을 개량한 옷.

코카인

대형 딜러들이 수익률을 높이려고 값싼 암페타민을 점점 많이 섞는 탓에 20년 전부터 유럽에서 그 품질이 계속 하락하고 있는 고가의 흥분제. 아직도 코카인을 찾는 사람은 지난 세기의 80년대에 정체된 절망적인 사람들뿐이다.

쿨 Coolness

그렇지 않다. 나는 씨근덕거리며 청소년 은어를 지탄하려는 것이 아니다. 청소년 은어는 어차피 모든 세대에 있었으니까. 모든 세대에게 있어서 그것은 약간의 위트와 엄청난 어리석음을 담고 있다. 하지만 이런 어리석음은 일부러 그런 것이다. 영리한 어리석음이고, 공동체의 단합을 위해서 너나없이 다 같이 언어의 진창에서 뒹구는 것이다. 청소년들은 무리 짓기를 좋아하니까. 마치 사악한 독수리에게 조금은 위험해 보이려고 커다란 뭉게구름처럼 떼를 짓는 작은 새들처럼.

　'쿨'과 같은 말의 의미는 점점 넓어져서 결국 모든 것을 의미하고 따라서 특별한 아무것도 의미하지 않게 되었다. 이런 말은 일종의 조커이다. 한동안 온갖 것이 다 쿨했는데, 이제 갑자기 쿨이란 말에 싫증이 났다. 그래서 이 말은 청소년 담당 목사들이 **어린이 예**

배☞에서나 쓰는 말이 되었다.

쿨이라는 현상 자체는 간단히 볼 문제가 아니다. 거기에는 정확히 분간할 수 있는 어떤 내용이, 어떤 태도가, 아니 거의 어떤 세계관마저 들어 있다. 쿨을 칭송하는 사람들은 삶에 대해 냉정한 시선을, 아니 심지어 차디찬 시선을 던지기를 원한다. 아무것에도 감명을 받아서는 안 되고, 아무것에도 열광하면 안 되며 놀라서도 안 되고 매혹되어서도 안 된다. 현대의 스토아 철학자라 할 정도이다. 이들은 세네카 말처럼 '공포에 의해서도, 희망에 의해서도' 움직이지 않으며 '어떤 것에도 감탄하지 않기'를 배운 사람들이다.

쿨은 산송장의 이상이다. 하지만 나는 아주 잘 만들어졌고 아주 우습기도 한 '언쿨uncool'이라는 말만은 결코 포기할 수 없다.

퀴즈 프로그램

퀴즈 프로그램이 왜 쓸데없냐고? 어디 한번 맞춰 보시길!

크루즈 여행

얼마나 멋지고 가슴 설레는 말인가! 이런 바다 유람에서는 마지막에 어디에 닿을지 마치 정해지지 않은 듯, 모험의 느낌이 든다. '에게 해 크루즈'라는 말은 시처럼 들리지 않는가? 이런 말을 들으면서 유람선이 베를린 마르크 지역의 임대주택 크기라는 사실을, 그리고 그 배가 코딱지만한 황량하고 나무도 없는 에게 해 섬들 한가운데 있으면 꼭 그렇게 보인다는 사실을 떠올리는 사람은 없다. 어떤 섬에 유람선 네 척이 정박하면, 대서양의 바닷물에서 위성도시가 불쑥 떠오른 것처럼 보인다. 그다음에 컴퓨터가 조종하는 배들은 바다를 가로지르면서 고속도로 너비의 갈색 흔적을 남긴다. 음식물 쓰레기인데 그 위를 갈매기가 날아다닌다. 선장은 기본적으로 사진을 찍기 위해 있다. 천 명 이상의 탑승객이 모두 한 번은 그와 사진을 찍고자 한다. 이런 **휴가 사진**☞으로 대체 무엇을 하려는 것인지는 크루즈 여행의 심오한 신비 중 하나이다.

끝없는 복도들, 메마른 꽃다발, 에어컨 소음, 인공조명 때문에 지하 깊이 들어가 있는 느낌을 받는다. 그것이 유람선에서 기대할 수 있는 매력들이다. 식당에는 매일 요란한 식사가 준비되어 있다. 그 규격화된 호화로운 식사를 매일 똑같은 사람들과 해야 하고 그러다 보면 언젠가는 말을 섞지 않을 수 없다. 델로스의 아폴론 신전이나 파트모스Patmos의 요한계시록 동굴을 잠깐 들르는 일은 끝없는 셔플보드 게임에서, 그리고 자기의 매력을 용의주도하게 연출하는 **레크리에이션 진행자**☞에게서 잠시나마 벗어날 좋은 기회이다.

정녕 크루즈 여행에서 좋은 점은 하나도 없단 말인가? 그런 게 있다면, 모든 단기 체류 리조트나 단체 버스 여행이나 패키지여행의 장점과 같다. 사람들은 떼를 지어 나타나지만 정말 아름다운 곳으로는 밀려들지 않는다. 그리고 장기 체류 리조트와는 달리 이 배는 저녁이면 다시 사라지고, 그러면 섬은 다시 숨을 내쉴 수 있다. 마치 아무 일도 없었다는 듯이.

크리스마스카드

크리스마스는 이례적이고 독보적으로 중요한 축제이다. 그래서 크리스마스를 축하하는 데에는 어떤 비용이 들어도 모자라다. 그리스도 탄생에 대한 우리의 열광을 표현하는 데 드는 것들은 무엇이든 지나치지 않다. 우리는 정신이 나갈 정도로 서로 선물을 해야 하고, 식탁 옆으로 쓰러질 때까지 먹어야 하고, 아이들이 희열을 느끼도록 전심전력해야 한다. 그러니까 크리스마스 시즌의 저 상업성에 대해서는 어떤 비판도 해서는 안 된다! 그 상업성 뒤에 때때로 적나라한 **욕심**☞이 감추어져 있더라도! 다만 우리는 무엇을 위해 이 비싼 비용을 치르는지 심각하게 생각해 본다. 크리스마스는 우리에게는 값비싼, 미칠 만큼 값비싼 축제이다.

　물론 이런 축제의 기쁨을 가족의 범위를 넘어서 드러내는 일은 옳은 일이다. 친척 아주머니와 아저씨와 오랜 친구들에게 크리스마스 인사를 보내고, 우리와 어떤 식으로든 같이 일했던 사람들에게 어떤 식으로든 크리스마스 선물을 주는 것도 옳은 일이다. 하지만 이리저리 카드를 보내는 일은 어느새 정말 쓸데없는 일이 되었다. 사교적인 사람들은 이 기회를 이용해서 5백 명쯤 되는 가장 친한 '친구들'☞에게 화려한 카드를 보내는데, 인사말이 미리 인쇄된 이런 카드 상단에 수신인 이름을 쓰고 하단에는 발신인 서명을 한다. 이 오백 장의 카드에 대해 오백 명이 일일이 답장을 보내면, 아무 내용 없는 이런 카드가 세상에 넘쳐나게 된다. 이런 카드는 발신인의 이런저런 명단에 수신인이 들어 있음을 입증할 뿐이다. 아무리 크리스마스라고 해도 이런 일은 너무하다. 3년만 답장하지 않아도 이런 흐름은 눈에 띄게 약해질 것이다.

타

탈진증후군[◆]

내 오랜 친구는 늘 활기가 넘쳤다. 둔한 사람이라면 눈이 휘둥그레질 일정을 매일매일 소화해 냈다. 성공을 위해 끝없이 달리는 일중독자였고 뛰어난 스포츠맨인 데다 낚시광이었고, 바람둥이에다 세 아이의 아버지였다. 주말에는 클레이 사격을 했고 무수히 많은 사람들의 결혼식에 증인으로 참석했고 자선행사를 기획했다. 그런데 얼마 전부터 좀 힘이 빠져 보였다. 어떤 사람들은 그가 살이 좀 쪘다고 말했다. 그가 만나는 사람들 사이에서 이것은 갑자기 비쩍 마르는 것보다 훨씬 더 무서운 일이었다.

◆ burnout syndrome, 한 가지 일에 지나치게 몰두하던 사람이 극도의 신체적 · 정신적 피로로 무기력증 · 자기혐오 등에 빠지는 증후군.

얼마 전 그 친구와 점심식사를 같이 했다. 그는 레드와인을 한 잔 시켜 조용히 다 들이키고는 한 잔을 더 주문했다. 예전에는 그가 정신없는 일정 속에서 30분 이상 시간을 내는 일은 없었다. 그렇지만 이제 그냥 그 자리에 앉아서 종업원에게 담배 한 대를 청했다. 그리고 두 번째 담배에 불을 붙이고는 말했다. "내가 좀 이상해졌어. 갑자기 모든 일이 무의미하게 느껴져."

목소리는 늘 그렇듯이 분명하고 결연하게 들리지 않고 좀 부드러우면서 지친 듯 들렸다. "아침에 컴퓨터를 켜지. 하지만 밤사이에 어떤 일이 일어났든 아무래도 상관없다는 마음이 든단 말이야. 주가가 어떻게 되든, 정부가 바뀌든 말든, 우리 회사 매출액이 어떻든 아무 흥미가 없어. 얼마 전에는 돈을 많이 들여서 이본느하고 주말여행을 갔거든." 이본느는 그의 애인이다. "그런데 섹스할 마음도 없더라니까. 오늘 밤에 세 군데 초대를 받았지만 전부 취소했어. 이유도 말하지 않고. 그 대신 무얼 할 건지 알아? 그냥 잘 거야."

나는 심각한 표정을 지었다. 이 오랜 친구가 그렇게 조용하게 앉아 있는 걸 본 지는 꽤 오래되었다. 내가 무슨 대답을 하기를 기대하는 것 같지는 않았다. 그래서 아무 말도 하지 않았다. 마침내 그가 말했다. "내가 다니는 피트니스 클럽에 남성 잡지가 있거든. 거기 보니까 탈진증후군이란 게 있더군. 어쩌면 내가 그런 것이 아닐까?" 그게 정확히 무엇인지는 모르지만, 어쩌면 그 친구가 정말 탈진증후군에 걸린 건지도 모르겠다. 한 가지 확실한 것은, 내 친구가 몇 해 전 그렇게 바빠지기 전에는 왜 그렇게 편안하게 느껴졌는지 갑자기 분명하게 알게 되었다는 것이다.

텔레비전

만년의 하인리히 티센('하이니', **별명**☞)은 아내 카르멘('티타', **별명**☞)과 함께 대부분의 시간을 응접실 텔레비전 앞에서 보냈다. 그 위에는 시슬레◆ 그림이 한 점 걸려 있었다. 이 남작은 이렇게 말하곤 했다. "나는 티타와 같이 앉아 있는 게 좋아. 티타는 텔레비전 보는 걸 좋아하지. 그럴 때 나는 시슬레 그림을 보고 있어."

텔레비전은 놀라운 발명품이고 요술상자이다. 텔레비전에 대한 비판이 많은 걸 잘 알지만 나로서는 텔레비전에 불만이 전혀 없다.

텔레비전 반대자는 이렇게 말한다. "그래, 좋은 프로그램이 있기만 하다면…"

나는 말을 끊는다. "멋진 프로그램들도 있어요. 텔레비전이 없다면 절대 못 보았을 영화나 다큐멘터리나 아주 흥미로운 이야기를 하는 사람들 인터뷰나 역사적 사건을 직접 겪은 사람들 이야기도 있지요. 그리고 이미지와 소리의 어마어마한 향연이지요."

텔레비전 반대자는 참지 못하고 대답한다. "그건 아주 드문 예외

◆ Alfred Sisley, 1839-1899, 잉글랜드 출신으로 프랑스에서 활동한 인상주의 풍경화가.

잖아요. 소위 지적인 정보 프로그램들이라고 해도 대개는 지식 전달을 흉내낼 뿐입니다. 정말 알아야 할 것을 전달하고 있는 척할 뿐이지요. 텔레비전처럼 우리를 우민화하는 기계도 없다니까요. 오후 토크쇼나 가요 방송이나 퀴즈 방송이나 소위 인포테인먼트 방송을 생각해 보세요."

나는 이렇게 대답했다. "저는 이런 것도 다 좋은데요. 이런 방송들이 없다면 제가 어떤 나라에 사는지 모를 거예요. 특히 우리 정치가들의 성품에 관해서는 텔레비전은 다른 무엇으로도 바꿀 수 없는 정보 출처이지요. 그야말로 현미경 같아요. 예를 들어 카메라가 전당대회가 열리는 강당을 쭉 훑다가 인기 있고 매력적인 정치인 얼굴에 잠시 멈출 때가 있지요. 그 사람은 그 순간 아무도 자기를 안 본다고 생각하고는 표정 관리를 못 하고 있는 거예요. 그럴 때 그 얼굴에 스치는 무감하고 잔인한 표정 같은 것은 제아무리 뛰어난 신문 칼럼도 절대 폭로하지 못하는 거지요."

텔레비전 반대자는 지쳤다는 듯이 묻는다. "그럼 왜 텔레비전이 불필요하다는 겁니까?"

아주 간단하다. 내게는 텔레비전 볼 시간이 없으니까. 나는 하루 27시간씩 일하고 가족을 위해 시간을 낼 수도 없다. 시내에서 비즈니스 조찬 약속을 한다. **상시 연락 가능**☞해야 하고 **이벤트**☞들에 참석해야 하고 저녁마다 손님이 찾아오고 자기 전에 책도 조금 읽어야 한다. 그러면 그 상자를 켤 시간은 10분도 남지 않는다. (요즘에는 상자도 아니고, 환상적인 화면을 띄우는 멋진 평면 TV이기는 하지만.)

토크 콘서트

고백하건대 나는 음악적 교양은 젬병이다. 바그너와 모차르트는 구별할 수 있지만, 브람스와 슈만만 해도 벌써 어려워진다. 하지만 말할 수 있는 것은 음악을 사랑한다는 것이다. 그것은 여자 몸에서 일어나는 생화학적 과정에 대해 전혀 이해하지 못하고 여자에 대해 보고 듣는 모든 것이 엄청난 수수께끼이기는 해도 여자를 사랑하는 것이나 마찬가지이다.

나는 콘서트에 가서 편안하게 음악 듣는 걸 좋아한다. 음악을 들으며 상상의 나래를 펴고 이리저리 오가기를 좋아하는 것이다. 음악에 푹 빠져서 어디론가 날아가는 느낌이 좋다. 때로는 전문가들이 경멸하는 음악에 흠뻑 젖어들기도 해서 걱정이지만, 그러다가도 다시 모차르트 교향곡이나 슈베르트 가곡에 감명을 받는다.

얼마 전까지만 해도 대부분의 사람들이 나처럼 음악을 듣는다고 생각했다. 터무니없는 생각이었다. 이와는 영 다른 콘서트가 점점 많아지고 있다. 이런 콘서트에서는 지휘자가 무대에 나온다. 사람들이 박수갈채를 보내고 기대에 찬 정적이 흐른다. 그러면 지휘자는 몸을 돌려서 이야기를 시작한다. 작품에 대해 짤막하게 소개하겠다고 자상하게 말한다. "이 교향곡은 1842년 롯시니의 영향 하에 작곡되었지만 상당한 혁신을 담고 있습니다. 예를 들어 플루트가 1악장의 주선율을 시작하는 방식이 그렇지요." 그리고 지휘자가 플루트 연주자에게 신호를 보내면 연주자는 멜로디를 맛보기로 들려준다. "플루트에게 호른이 응답합니다." 다시 지휘자 신호에 따라 조금 짓눌린 듯한 호른 소리가 새어나온다. 이 소리들이 정말로 그렇게 들린다는 것인가? 나는 모르겠다. 내가 아는 것은 다만 내 마음속에서 지휘자 설명에 대해 묵직한 반감이 자라난다는 것이다. 나는 벌써부터 예감한다. (그다음에 교향곡을 연주하기라도 한다면) 거대한 교향곡의 소리들 중에서 플루트 연주 부분이 두드러지게 들릴 것이고, 내가 그걸 증오하리라는 것을. 나는 그렇게 플루트의 연주가 두드러지면 안 된다고 확신한다. 요리에서 특정 양념 맛이 두드러지면 안 되는 것과 마찬가지이다. 그리고 앞으로는 콘서트 안내를 볼 때 혹시 '토크 콘서트'라는 말이 있지는 않은지 주의할 것이다. 그런 말이 있으면 그 콘서트는 내게 불필요하다.

파

퐁뒤[◆]

한 식탁에서 같이 밥을 먹는 사람마다 접시를 하나씩 쓰는 것은 기본적으로 새롭게 나타난 유행이고 상류층 양식이다. 인간 역사에서 아주 오랫동안 무리, 가족, 부족은 냄비 하나를 가운데 두고 거기에 자기 빵을 적셔 먹었다. 이가 성한 사람이 이가 없는 노인이나 갓난 아기를 위해 씹어서 주었다. 옛날에는 그랬다. 그리고 지금도 지구 상의 많은 곳에서 그렇다.

이제 우리에게는 다른 관습이 있다. 하나의 냄비에 빵을 담그는 것은 우리에게는 임시변통이고 또 어린아이나 하는 짓이다. 또 입

◆ fondue, 치즈를 녹인 소스에 꼬치음식을 찍어 먹는 스위스 요리.

199

맛을 떨어지게 한다. 무언가를 움켜지고 그다음에 입에 넣기 위해 손을 앞으로 뻗는 것은 우리에게는 탐욕스럽게 보이고 또 게걸스레 먹는 일을 너무 직접적으로 암시한다. 요즘의 식탁 예절은 그래서 음식이 영양섭취를 위한 것이라는 사실로부터 우리의 주위를 멀리 돌리려고 하는 것이다.

그러나 우리는 여러 곳을 여행해 보았고 그래서 다른 관습들을 알게 되었다. 그래서 우리의 음식 문화는 큰 도움을 받았다. 훨씬 풍요로워진 것이다. 하지만 이와 동시에 취향이 불안정해지기도 했다. 1960년대에 이미 스위스 발리스 지방의 스키 숙박지로부터 치즈 퐁뒤가 독일로 유입되었다. 그래서 냄비가 다시 한가운데 놓이고 모두 빵을 거기 담그게 되었다. 그런 치즈 덩어리는 위장에 들어가면 돌처럼 무겁게 느껴진다. 그렇게 혹독하게 춥지 않고 발리스 지방의 전원 풍경도 없는 따뜻한 지역에서 치즈 퐁뒤라는 것은 사실 아무 의미가 없다. 하지만 이렇게 빵을 같이 적셔 먹는 것이 함께 장난치는 듯한 느낌을 주는 것이 주효했다. 치즈에 빵조각을 담그는 것이 재미있는 것이다!

치즈 퐁뒤 다음에는 고기 퐁뒤가 나타났다. 기름을 담은 냄비를 알코올 불꽃으로 데우고, 가급적 좋은 부위의 쇠고기 조각을 흉측한 꼬챙이에 꽂아 그 냄비에 넣는다. 그리고 고기를 매운 소스에 찍어서(케첩에 찍는 사람도 많다.) 아주 맛나게 먹으면 된다. 모두 손이 바쁘기 때문에 어떤 대화를 나눌지 굳이 걱정하지 않아도 좋다.

푹신한 소파

푹신한 소파에 올바로 앉는 법은 절대로 알 수 없다. 그 안에 파묻히듯이 앉으면 거기 모인 사람들에게 배를 내밀게 된다. 마치 간질여 달라고 간청하는 자세이다. 이렇게 널브러진 자세로 대화하기란 쉽지 않다. 그저 동물원 시멘트 바위의 물개들처럼 모두 자빠져 있을 뿐이다. 무릎 높이 테이블 위의 그릇에 담긴 땅콩을 주워 먹으려면 복근 운동을 해야 한다. 하지만 우리는 어차피 너무 바빠서 그렇게 편안하게 몸을 쭉 뻗고 쉴 틈도 없다. 그렇다면 직물 소파건 가죽 소파건 간에 이렇게 거드름 피우는 가구가 꼭 필요하겠는가?

플라스틱 제품

플라스틱 제품에 대한 참신한 비판을 새로 내놓기는 어렵다. 시각적 심미안을 가진 사람들은 플라스틱이 왜 문제인지 이미 잘 알고 있다. 또 구동독에서 플라스틱을 무뚝뚝하게 '플라스테Plaste'라고 부른 것은 이 미학적 문제를 이미 완벽하게 꿰뚫은 것이다.

피시 나이프

생선은 맛있다. 하지만 가시가 있어서 밝은 곳에서 조심스럽게 먹어야 한다. 포크로도 자를 수 있는 것은 나이프로 자르지 말라는 일반 규칙에 따르면, (아마 단단한 황새치나 참치를 빼면) 대부분의 생선은 포크로만 먹어야 한다. 하지만 가시가 있어서 또 다른 도구가 있으면 좋아 보인다. 그래서 19세기에 피시 나이프를 발명했다. 대개는 무디지만 가끔은 날카롭기도 한 은제 칼이다.

이건 분명히 말해 두어야겠다. 피시 나이프는 쓸모가 있다. 그렇지만 꼭 필요한 건 아니다. 우리 집이나 내가 아는 다른 가정에서는 생선 요리에는 포크 두 개가 나온다. 특별한 다른 도구가 없어도 된다는 것이다.

극단적으로 세련되게 만드는 일이 언제나 그렇듯이, 19세기에 생겨난 수많은 세련된 도구들, 저 온갖 가구들, 은이나 상아나 나전으로 만든 생활용품들도 똑같은 운명을 겪는다. 그러니까 갑자기 너무도 싫증이 나게 된다. 그러면 저 부자연스럽고 의미 없는 것을 내버리고 이와 함께 충분히 검증된 관습들도 내버린다. 저 죄 없고 심지어 유용하기까지 한 피시 나이프는 내가 보기에는 저 불행한 완벽주의의 상징이고, 먹고 마시는 일에 있어서 아름다운 양식이 어떻게 끝나는지 보여준다. 그래서 나는 차라리 계속 포크 두 개로 생선을 먹는다. 좀 더 안정된 문화의 대지에 발을 딛는 것이다.

피트니스 클럽 회원권

이미 오래전에 증명된 사실이다. 피트니스 클럽 회원권은 국민경제
에 엄청난 위협이다. 소매업계로부터 가져온 돈을 묶어 두기 때문
이고, 그러면서도 의료보험의 부담을 조금도 덜어 주지 못하기 때
문이다. 매년 약 50만 명의 독일인이 3억 유로 넘는 돈을 사용하지
도 않는 피트니스 클럽 회원권에 허비한다.

하

하얀 턱시도

하얀 턱시도는 원래 멕시코 아카풀코에서나 입을 수 있다. 아니면
기껏해야 카트만두에서나. 그곳에서는 콜로니얼 풍 대저택 베란다
에서 나무기둥에 기댄 한 신사가 저 아래 진흙투성이 길에서 인력
거나 당나귀 수레나 가마를 탄 민중들이 우글거리는 모습을 내려다
본다. 그러나 우리 지역에서 하얀 턱시도는 전혀 어울리지 않는다.
물론 리츠 호텔 급사이거나 어떤 빅밴드의 트럼펫 연주자라면 이야
기가 다르겠지만. 그런 밴드의 리더는 하얀 턱시도에 코끼리 알이
라 불리는 방울들을 달고는 딸랑거리며 느긋하게 돌아다닌다.

한정판

한정판이란 구동독 시민들 사이에서 퍼져 있던 다음과 같은 말에 대한 부자들 버전이다. "여긴 없어요. 앞으로도 들어오지 않을 거예 요."◆

해러즈 백화점 Harrods

한때는 전 세계에서 가장 멋진 백화점이었다. 거기에서는 어떤 것 이라도, 정말로 어떤 것이라도 살 수 있었다. 그렇지만 몇 년 전부 터 이 백화점은 추잡한 이집트인■ 수중에 들어갔다. 그는 (상당한 뇌 물을 제공했지만) 아직 영국 국적을 취득하지 못했다. 그리고 아들은 다이애나 왕비의 죽음에 연루되었다. 얼마 전 백화점 로비에 파리 에서의 그 죽음을 기리는 제단이 설치되었으니, 그 불쾌함은 영국 음식을 능가한다. 서쪽으로 불과 몇 발짝만 가면 이보다 훨씬 나은 백화점인 하비니콜스 Harvey Nichols가 있다.

◆ 구동독 시절 음식점 종업원들이 자주 했다는 말에서 유래한 유행어.
■ Mohamed Al Fayed, 모하메드 알 파예드.

해파리

독일인이 부르는 해파리 이름이 이탈리아인이 부르는 이름보다 정확하다는 사실은 분명하다. 이탈리아에 해파리가 더 많음에도 불구하고 그렇다. 이탈리아에서는 해파리를 '메두사'라고 부른다. 메두사는 머리카락이 뱀들로 된 신화 속 여자인데 그녀를 보면 아무리 용감한 전사라도 공포에 질려 굳어 버린다. 메두사 머리를 베는 데 성공한 후에도 그렇다. 하지만 해파리 머리를 벨 수 있다고 누가 생각하겠는가? 해파리를 찔러 죽이는 것만 해도 어렵다. 해파리가 물에서 유영하는 모습은 우아하기까지 하다. 반투명한 연분홍 낙하산에는 중국 당면처럼 보이는 촉수와 섬모들이 달려 있다. 해파리를 먹는 것을 상상해 보면, 혀에는 미세하고 시큼하지만 아무것도 씹히지 않는 느낌이 떠오른다. 하지만 해파리가 해안에 나타나기만 해도 그곳은 적개심과 사악한 기운으로 가득해진다.

　바위들은 바다까지 이어져 있고 물에서는 짙은 잎의 나무들이 자라는 것처럼 보인다. 저녁 무렵 햇빛은 모든 것을 진한 색조로 물들인다. 이때 바다는 가장 짙은 옥빛으로 변한다. 저녁 수영을 위해 최적의 시간이 온 것이다. 갑자기 가슴과 팔에 칼에 벤 듯 날카로운 고통이 느껴진다. 물은 이제 염산처럼 느껴진다. 해파리 떼 속으로 들어간 것이다. 이놈들은 인간의 몸만 기다리고 있었다. 저 아름다운 정경은 모두 연극무대 같은 것이었다. 바다는 여전히 옥빛이지만 그 색깔은 무언가 오염된 색이 되었다. 해파리는 어디에서나 마지막에는 고통이 우리를 기다리고 있다는 의식을 갖게 해 준다.* 그런 점에서는 해파리도 아주 쓸데없는 것은 아닌 것 같다.

허머 Hummer

한때 명성이 높던 미군 차량이 이라크에서 폭탄에 맞아 산산조각 이 나는 비극적 사건이 자주 일어났다. 그 후로 '우주의 지배자들' 의 차라는 허머의 신화는 크게 상처를 입었다. 예전에 허머는 불패 를 연상시켰지만 이제는 초강대국의 허약함을 상징한다. 이제는 민 간 차량이 되어서, 정계에서 밥벌이를 하는 오스트리아 슈타이어마 르크 출신의 늙은 액션배우■나 타고 다닌다.

현대미술관 ☞미술협회

호화 레스토랑

호화 레스토랑을 싫어하는 사람이 있으랴. 고풍스럽고 화려한 레스

◆ 독일어로 해파리Qualle와 고통Qual은 형태와 발음이 유사하다.
■ 아놀드 슈왈츠제네거.

토랑에서 정성스럽게 시중드는 사람이 있는 가운데 식사를 하면서, 바깥의 겨울 풍경이 점점 푸르스름해지고 황금빛 실내는 점점 따뜻하게 빛나는 것을 지켜보는 일은 행복한 경험이 아니겠는가?

단순한 음식점 이상이며 한 나라의 문화기관이라고까지 말할 수 있는 호화 레스토랑은 여기 독일에는 없다. 요즘 독일에서는 새로운 호화 레스토랑에 대해 이야기한다. 그러면서도 전문적 논의가 필요한 요리 분야의 실력보다는 주로 이런 칭송받는 레스토랑들의 스타일에 대해 이야기하는 것이다. 프랑스의 누벨 퀴진nouvell cuisine 레스토랑의 스타일을 모방하려고 한다. 그러나 거기에서 나온 결과는 짐짓 거드름 피우는 느낌과 익히 알고 있는 둔중한 느낌이 기묘하게 뒤섞인 것이다. 그런 레스토랑에 있는 것은 정말 고역이다.

식사 집기들이 연극처럼 부자연스럽게 거대한 것부터 그렇다. 서비스 플레이트◆는 무슨 하수도 뚜껑만 하다. 와인 잔들은 큰 풍선처럼 거의 코끝까지 올라온다. 메뉴판을 열면 그 도시 시청의 방명록을 여는 느낌이다. 땅에 질질 끌릴 만큼 긴 하얀 앞치마를 입고 거기에 턱시도에 다는 리본을 단 여종업원(전통적인 프랑스 식당을 연상시키는 동시에 급사장의 우아함을 강조하는 옷차림)에게 물어보면, 푸아그라가 "아주 맛있다"고 한다. 종업원들은 모두 활짝 웃는다. 한 번 웃을 때마다 계산서에 기록하려는 듯이. 음식값이 그렇게 비싸니 어쩌면 그랬을 수도 있겠다.

◆ 식탁의 착석 위치를 가리키는 일종의 장식 접시.

우리 시중을 드는 사람은 첫 번째 코스를 가져오면서 손님들의 대화를 중단시키고 굳이 요리 이름을 엄숙하게 발표한다. 그 요리를 우리가 직접 고른 것임에도 불구하고. 생선 요리와 육류 요리 사이에 갑자기 레몬 아이스크림을, 아차, 실례, '소르베'를 가져온다. 바로크풍으로 요리가 줄줄이 이어진다면야 이런 아이스크림은 활기를 북돋을 수도 있겠지만, 겨우 네 가지 코스 요리에서는 그렇지 않다. 이런 정도 코스 요리는 감상하는 눈에만(**장식용 토마토**☞) 배부른 것이다. 그다음에 주요리가 등장한다. 각 손님 앞에는 반짝반짝 빛나게 닦은 베드로 성당 모양의 뚜껑이 놓인다. 종업원들은 서로의 눈을 지그시 바라보다가 고개를 끄덕이고는 동시에 이 따뜻한 종을 허공으로 쳐든다. 거기서 개구리가 튀어나온다면 좋으련만. 그러면 이 엄숙한 만찬의 짓누르는 분위기라도 좀 풀리련만.

이런 식의 분위기가 거슬리는 사람에게는 요식업의 몇 남지 않은 유물을 기꺼이 추천하련다. 그런 식당에서는 단골손님은 그럭저럭 용인해 주지만 뜨내기는 경멸하는 것이다. 이런 관점에서 내가 가장 좋아하는 레스토랑이나 커피숍은 빈의 카페 브로이너호프이다. 거기 가면 운이 좋으면 종업원이 보내는 적나라한 증오의 눈빛까지 누릴 수 있다. 그러면 당연히 기분이 멋지다. 팁 몇 푼 받으려고 원숭이 노릇을 하는 것은 종업원의 존엄성을 침해하는 것이라고 생각하는 그런 카페가 아직도 남아 있으니.

호화로운 거실 주방

거실 주방Wohnküche은 한때 누추한 노동자 아파트의 상징이었다. 그곳의 악취는 미술과 문학에 이르기까지, 미적으로 저급한 분위기에 대한 끔찍한 은유였다. 하지만 거실 주방은 인간 주거지의 원초적 형태이다. 불 옆에 모이는 것보다 자연스러운 일이 어디 있으며, 그 불에서 음식을 요리하는 것보다 자연스러운 일이 어디 있겠는가? 거실 주방에서 불편한 점은 그런 '원초적인 면'이 아니라, 여기에 부르주아 거실의 안락함을 부여하려는 일이다. 가령 그 안에 소파를 놓고 그 위에는 결혼 예복을 입은 조부모 사진을 참나무 사진틀에 끼워 걸어 놓는 것이다.

여기에서 생겨난 일에 대해 나는 문화사적으로 이렇게 본다. 2차 세계대전 이후 바로 이런 거실 주방에서 자란 세대는 거기에서 벗어나고 싶었다. 그것을 떨쳐 버리고 완전히 새로운 생활 방식을 선택했다. 여름이면 토스카나의 오래된 아름다운 농가로 휴가를 떠났다. 그러자 거기에 또 바로 이 거실 주방이 있었던 것이다. 물론 거기에는 큼직한 벽난로도 있었고 천정에는 들보가 있었고 전원풍의 석조 개수대도 있었다. 그리고 밤에 촛불을 켜놓으면 기가 막히게 낭만적이었다.

토스카나 휴가객들의 머리에 갑자기 아이디어가 떠올랐다. 고향에 돌아가서도 우리가 요리하는 것을 손님들도 지켜볼 수 있고 심지어 때로는 도울 수도 있다면 훨씬 자연스럽고 부담도 적지 않을까? 손님들이 마치 레스토랑에라도 온 것처럼 따로 식당에서 식탁보 깔린 테이블에 앉은 채 전채음식을 기다리는 것보다 그게 낫지 않을까? 하지만 이제 어차피 넓어진 주방에서 친구들과 식사를 하는 쪽으로 나가지 않았다. 오히려 구식 가옥의 멋진 응접실에다가 화강암과 홍수정 주방대들, 나지막이 윙윙 돌아가는 후드들, 통로 있는 냉장실, 얼음 정수기, 살라만더 오븐을 설치했다. 이제 손님들이 오면 요리 재료는 이미 완벽하고 먹음직스럽게 준비가 끝난 상태이다. 마치 텔레비전 요리 프로그램에서 보는 것처럼. 이제 이 호화로운 거실 주방에서 제대로 요리를 시작하면, 그러니까 고깃국을 우려내거나 스테이크를 오븐 안으로 밀어 넣으면, 후드들이 윙윙 돌아가더라도 양파 냄새가 날 것이다. 저 옛날에 떠나온 거실 주방에서와 똑같이. 하지만 예전에는 방수포로 덮은 소파가 있었다면, 이제는 가죽 커버를 씌우고 죄책감을 불러일으킬 만큼 값비싼 밀라노산 소파가 놓여 있다.

홈쇼핑

홈쇼핑은 **텔레비전**☞이 제공할 수 있는 가장 멋진 것 중 하나이다. 세상에는 나빠진 것이 많지만 좋아진 것도 많다. 예전에는 장날이 되면 모든 물건을 꿈에서나 가능한 저렴한 가격으로 살 수 있다는 멋진 약속이 있었다. 그러나 홈쇼핑은 옛날 장날보다 더 좋다. 더 섬세하고 문학적이고 매혹적이다.

예를 들어 두 여자가 나온다. 한 사람은 밤색으로 염색한 머리칼의 나이 지긋한 여자이고 한 사람은 금발의 아주 젊은 여자이다. 두 사람은 장신구를 가운데 두고 있다. 보석 목걸이다. 나이 든 여자는 "오늘 여러분을 위해서 특별한 것을 가져왔습니다"라고 소곤거린다. 그러면서 세제 광고에 나올 법한 깔끔한 두 손으로 보석함을 쳐든다. "이 목걸이는 영국의 엘리자베스 2세 여왕이 대관식에서 걸었던 목걸이를 충실하게 복제한 것입니다. 연마한 스와로브스키 크리스털 2,000개로 만든 것이고 체인은 900스터링실버입니다. 여기에 진짜 로얄블루 인조견사로 짠 기품 있는 보석함을 드립니다. 이런 고귀한 장식품은 이런 곳에 보관해야 하니까요. 여러분께 미리 말씀드리지만 저희가 만든 350점 중에서 벌써 190점이 팔렸습니다. 98유로라는 센세이셔널한 가격으로 모십니다."

젊은 여자는 더 이상 참을 수 없는 모양이다. "한 번 꺼내 봐도 될까요?" 나이 든 여자는 웃으면서 허락한다. 젊은 여자는 빨간 매니큐어를 바른 긴 손톱을 마치 젓가락처럼 사용해서 조심스레 비단 보석함에서 장신구를 꺼낸다. 장신구에는 스포트라이트가 비춰서 더 매혹적으로 빛난다. 그녀 목소리는 감격에 젖는다. 그 부드럽고 가벼운 장신구에 몸이 떨리나 보다. 그녀는 거의 소름이 끼친다. 나지막이 "정말로 아름답습니다"라고 말한다. 이제 스와로브스키 크리스털의 반짝임은 그녀 눈으로 옮아간다. 아름다운 장신구에 대한 (여성의 본능에 속한 어떤 악마적) 갈망이 그녀를 사로잡았다. 유혹하는 역할, 뚜쟁이 역할을 맡은 나이 든 여자는 "그 안에는 불이 타오르지요"라고 말하지만, 매혹에 사로잡힌 젊은 여자는 아무 말도 듣지 못한다.

세계문학 중에서 여기 비견할 만한 장면은 딱 하나밖에 없다. 괴테의 《파우스트》에서 그레트헨과 마르테 아주머니가 메피스토펠레스가 감춰 둔 보석함을 바라보는 장면이 그것이다. 현대 희곡에서는 여기 필적할 만한 장면이 없다. 현대 연극배우들의 연기 또한 홈쇼핑 호스트의 발치에도 미치지 못한다. 이런 향락에는 회한도 없다. 왜냐하면 여기에서 주문할 생각을 하는 사람은 금치산자 직전인 사람뿐이기 때문이다.

휴가 사진

휴가 사진을 발명한 목적은 이런 휴가 사진을 통해서는 휴가에 대한 추억을 붙들지 못한다는 것을 증명하기 위함이다. 하지만 휴가 중인 사람은 다른 어디에서도 볼 수 없는 사진들이 자기 주위를 둘러싸고 있다고 믿는다. 이 사진들을 잘 갈무리해서 휴가를 못 간 사람들에게 보여줄 것이고 또 앞으로의 황량한 일상을 위해 기억의 보물창고를 만들 것이다.

좀 더 예민한 사람은 때로는 사진 찍은 일에 질려 버린다. 그들은 끊임없이 야자수 앞이나 르네상스식 분수 앞에서, 혹은 왕새우를 먹으면서 포즈를 취해야 한다. 아직 아름다운 현재에 제대로 도달하지도 못했으면서 이 사진을 볼 저 미래를 끊임없이 생각해야 한다. 그러면 황홀한 축제의 저녁 중에서 남는 것이라고는 푸르스름하고 경직된 모습의 한 무리 사람들이 마비된 것처럼 사진기를 쳐다보는 사진들뿐이다. 호화로운 호텔 방 안에서 사진으로 남는 것은 무엇보다도 카페트 위의 전깃줄과 콘센트 같은 것이다. 사진 속 경치는 무자비한 햇빛 아래 찍혀 흐릿하고 퇴색했다. 그러면 집에 돌아와서 이 귀중한 노획물을 보여주면서 이렇게 말한다. "사진이 잘 안 찍혔어. 이 장면은 훨씬 멋있었다니까. 그리고 색감도 뭔가 달라. 훨씬 더 밝았고 더 깊었다고나 할까." 그가 잊고 있는 것은 휴가 사진은 아이와 같다는 사실이다. 자기 아이는 어지간하면 참을 만하지만, 다른 사람 아이는 기껏해야 아무래도 좋은 존재이다.

휴대폰 ☞ (상시) 연락 가능

◆
감사의 말

이 책에 대해 이야기를 나눠 준 모든 이들에게, 절대 불필요하지 않은 지적과 자극을 준 것에 대해 감사드린다. 특히 카를 라즐로, 마르틴 모제바흐, 율리안 라이헬트, 필립 폰 슈투트니츠에게 고마움을 전한다. 내 원고를 담당한 편집부의 베른트 클뢰케너가 기울인 노고와 인내에 감사드린다. 알렉산더 고르코브에게는 용서를 구한다. 왜 그런지는 그가 알고 있다.

폰 쇤부르크씨의
쓸데없는 것들의 사전

초판1쇄 발행 | 2014년 9월 20일

지은이 | 알렉산더 폰 쇤부르크
옮긴이 | 김태희
펴낸이 | 이은성
펴낸곳 | 필로소픽
편집 | 황서린
일러스트 | 김은빈
디자인 | 방유선

주소 | 서울시 동작구 상도동 206 가동 1층
전화 | (02) 883-9774
팩스 | (02) 883-3496
이메일 | philosophik@hanmail.net
등록번호 | 제379-2006-000010호

ISBN 978-89-98045-60-9 03850

필로소픽은 푸른커뮤니케이션의 출판브랜드입니다.

이 도서의 국립중앙도서관 출판시도서목록(CIP)은 서지정보유통지원시스템 홈페이지
(http://seoji.nl.go.kr)와 국가자료공동목록시스템(http://www.nl.go.kr/kolisnet)에서 이용
하실 수 있습니다.(CIP 제어번호: CIP2014025564)